싯다르타

위의 큐알코드를 스캔하면 한글판 PDF와
영문판 PDF를 다운받을 수 있습니다.

싯다르타
Siddhartha

2025년 8월 01일 초판 1쇄 인쇄
2025년 8월 15일 초판 1쇄 발행

지은이 헤르만 헤세
옮긴이 더페이지
발행인 손건
편집기획 김미정
마케팅 최관호
디자인 김정희
제작 최승용
인쇄 선경프린테크
이미지 www.shutterstock.com

발행처 열린문학
주소 서울시 영등포구 영신로 34길 19
등록번호 제 312 - 2006 - 00060호
전화 02) 2636 - 0895
팩스 02) 2636 - 0896
이메일 elancom@naver.com

ISBN 979-11-7142-087-2 03850

*열린문학은 ***Lan****Com*의 문학 · 인문 브랜드입니다.

싯다르타

Siddhartha

헤르만 헤세 지음 + 더페이지 옮김

열린
문학

차 례

의미와 본질은 사물의 뒤쪽 어디엔가 숨어있는 것이 아니라,

사물 속에, 만물 속에 존재한다.

제1부

사랑하는 친구
로맹 롤랑에게

브라만의 아들

브라만의 잘생긴 아들 싯다르타는 젊은 매처럼, 그 또한 브라만의 아들인 친구 고빈다와 함께 집 그늘에서, 작은 배들이 떠 있는 양지바른 강 언덕에서, 사라수 그늘에서, 무화과나무 그늘에서 자랐다.

목욕할 때, 세례를 받고자 몸을 씻을 때, 신성한 제사를 지낼 때면, 강 언덕을 비추는 햇살이 그의 빛나는 어깨를 갈색으로 태웠다. 망고나무 숲속에서 아이처럼 뛰놀 때, 어머니의 노래를 들을 때, 신성한 제사를 지낼 때, 학자인 아버지의 가르침을 들을 때, 현자들과 이야기를 나눌 때면, 그의 검은 눈동자 속으로 그늘이 쏟아졌다.

어느덧 싯다르타는 현자들의 토론에 참가했고, 고빈다와 논전을 익혔으며, 관찰하는 기술과 명상의 기술을 연마했다. 그러는 동안 싯다르타는 이미 언어 중의 언어, 옴을 소리 없이 말할 줄 알게 되었고, 숨을 들이마시고 내쉬는 동안 온 영혼으로 옴을 호흡했다.

그의 이마는 명철하게 사고하는 정신의 빛으로 에워싸여 있었다. 어느새 그는 존재의 가장 깊은 곳에서 우주와 하나 되는, 불멸의 아트만을 깨달았던 것이다.

그토록 지혜롭고 지식을 갈망하는 아들을 볼 때마다 아버지의 마음속에는 기쁨이 용솟음쳤고, 위대한 현자이자 승려, 브라만의 왕자가 자라는 모습을 보았다.

어머니 역시 아들을 볼 때마다, 그가 성큼성큼 걷거나 앉아 있거나 서 있는 것을 볼 때마다 가슴속 깊이 무한한 행복이 솟구쳤다. 싯다르타는 건강하고 아름다웠다. 그는 늘씬한 다리로 걸어 다녔고, 예의바른 태도와 완벽한 존경심으로 어머니를 맞았다.

빛나는 이마, 왕자다운 눈, 늘씬한 허리를 가진 싯다르타가 시내의 거리를 지나갈 때면, 브라만의 젊은 딸들은 가슴 떨리는 설렘을 느꼈다.

하지만 누구보다 싯다르타를 사랑한 사람은 친구 고빈다였다. 그는 싯다르타의 눈과 부드러운 목소리를 사랑했다. 그는 싯다르타의 걸음걸이와 완벽하게 기품 있는 몸짓을 사랑했다. 그는 싯다르타가 말하고 행동하는 모든 것을 사랑했다. 그리고 무엇보다도 그는 싯다르타의 정신을 사랑했다. 그의 탁월하면서도 불길 같은 사고, 열렬한 의지, 높은 사명감을 사랑했다.

고빈다는 싯다르타가 그저 평범한 브라만의 승려로 그치지 않을 것을 잘 알고 있었다. 그는 절대로 부패한 제사장, 주문이나 외는 탐욕스런 장사꾼, 천박한 선교사, 교활한 승려, 또는 수많은 양 떼 가운데 어리석고 선량한 한 마리 양에 그치지 않을 것이었다. 그리고 고빈다 역시 흔해빠진 그런 브라만이 되지 않을 것이었다.

그는 사랑하는 친구, 훌륭한 친구 싯다르타를 따르기로 마음먹었다. 언젠가 싯다르타가 신과 같은 존재에 이를 때, 언젠가 싯다르타가 광휘의 나라로 입멸하게 될 때, 고빈다 역시 그의 친구로서, 동반자로서, 종자로서, 창을 드는 시종으로서, 그림자로서, 싯다르타 곁에 있고 싶었다.

모든 사람들이 진심으로 싯다르타를 사랑했다. 모든 사람에게 그는 기쁨의 원천이었고, 즐거움이었다. 하지만 정작 싯다르타 자신은 아무런 기쁨도, 즐거움도 누리지 못했다. 무화과나무 정원의 장밋빛 길을 거닐 때, 명상의 숲 푸른 그늘에 앉아 있을 때, 매일 속죄하며 손발을 씻을 때, 무성한 망고나무 숲에서 제사를 올릴 때, 싯다르타는 완벽하게 기품 있는 몸가짐으로 모든 사람의 사랑을 차지하고, 모든 사람의 기쁨이 되었지만, 그 자신은 아무런 기쁨도 느끼지 못했다.

꿈이, 끊임없는 사념이 그를 향해 강물에서 흘러나왔고, 밤하늘 별에서 반짝이며 다가왔고, 햇빛에서 녹아 나왔다. 꿈이, 영혼의 불안이, 그를 향해 제단의 향불에서 피어올랐고, 리그베다의 시구에서 뿜어져 나왔고, 늙은 브라만의 가르침에서 방울져 내렸다.

싯다르타의 마음속에서 불만이 자라기 시작했다. 아버지의 사랑도, 어머니의 사랑도, 친구 고빈다의 사랑도 그를 늘 그리고 영원히 행복하게 하지 못하리라는 것을, 그를 평온하게도, 기쁘게도, 만족하게도 하지 못하리라는 것을 그는 깨달았다. 존경하는 아버지와 스승들, 지혜로운 브라만의 현자들은 이미 그들이 가진 최고의 지혜를 거의 다 그에게 전해주었다는 것을 알았다. 그리고 그들의 지식 전부를 쏟아 부었는데도 자신의 그릇은 채워지지 않았고, 정신은 여전히 미흡하고 영혼은 불안정하며 마음은 평온하지 못하다는 것도 알았다.

성스러운 목욕은 좋은 일이었다. 하지만 물은 물일 뿐, 죄를 씻어내지도, 정신의 갈증을 풀어주지도, 마음의 불안을 풀어주지도 못했다. 신께 제물을 드리며 기도하는 일은 훌륭한 일이었다. 하지만 그게 모든 것일 수 있을까? 제물이 행복을 가져다주었을까? 그것은 신과 무슨 관계가 있을까?

세계를 창조한 프라야파티는 진실로 존재했을까? 그는 홀로 존재하는 유일자 아트만이 아니었을까? 신들도 우리처럼 창조된, 시간의 지배를 받는 무상한 존재가 아닐까? 신을 섬기는 일이 정말로 선하고 올바르고 깊고 높은 행위일까? 아니라면 다른 누구를 섬기지? 유일자 아트만이 아니라면 대체 누구를 숭배하지? 자아의 가장 깊은 곳, 불멸하는 마음속이 아닌 다른 어느 곳에서 아트만을 찾지? 그곳이 아니라면 아트만, 그 영원한 심장이 어디서 뛸까? 인간의 가장 깊은 내면, 궁극의 자아는 어디에 있을까? 그것은 살도 뼈도 아니고, 사고도 의식도 아니라고 현자들은 가르쳤다. 그렇다면 어디에 있는 걸까? 자아에게로, 나에게로, 아트만에게로 이르는 다른 길이 있는 것은 아닐까? 그 길을 찾는 것이 진정 값진 일이 아닐까? 하지만 그 길을 아는 사람은 아무도 없다. 아버지도, 현자인 스승들도, 성스러운 제식의 찬가도!

브라만들과 그들의 성전은 모든 것을 알았다. 세계의 창조, 언어의 생성, 음식과 호흡, 감각의 체계와 신들의 행적 등 무한히 많은 것들을 그들은 알았고, 그 모든 것에 대해 더없이 마음을 썼다. 하지만 가장 중요한 자, 단 하나의 중요한 자, 유일자를 모르는데, 이 모든 것을 안다 한들 무슨 가치가 있단 말인가?

성전, 특히 사마베다의 우파니샤드에 있는 훌륭한 시구들은 유일자에 대해 분명히 말한다.

너의 정신은 온 세상이다.
인간은 잠잘 때, 깊이 잠잘 때,
자신의 가장 깊은 내부로 침잠하여
아트만 안에 있게 된다.

놀라운 지혜가 이 시구 안에 담겨 있었다. 가장 지혜로운 자들의 모든 지식이, 벌들이 모은 꿀처럼 순수하게 마술적인 언어로 함축되어 있었다. 지혜로운 브라만들이 기나긴 세월 동안 모으고 보존해온 깨달음의 가치는 엄청난 것이었다. 하지만 이 심오한 지식을 깨닫는 데 그치지 않고, 삶으로 체험하는 데 성공한 브라만, 승려, 현자나 참회자가 있었던가? 아트만 속에서 사는 것을 말로, 살아 있는 동작으로 구현한 현자가 있었던가?

싯다르타는 존경스러운 브라만을 아주 많이 알고 있었다. 특히 그가 누구보다도 잘 알고 있는 아버지는 더없이 훌륭하고 고결한 학자이며, 정말 감탄할 만한 사람이었다. 그의 거동은 조용하고 기품 있었고, 생활은 청렴했고, 말씀은 지혜로웠으며, 훌륭하고 고결한 사상이 머릿속에 숨 쉬는 분이었다. 하지만 그토록 많은 것을 알고 있는 아버지는 열락 속에서 살며 평정을 누리고 있는가? 아버지 역시 아직도 구도하는 사람이고 갈구하는 사람이 아닌가? 아버지는 여전히 목마른 자이고, 제식에서, 성전에서, 브라만 승려들 사이의 대화에서 성스러운 샘물을 애타게 찾는 자가 아닌가?

왜, 흠 하나 없는 아버지가 매일 죄를 씻어내야 하는가? 왜, 매일 새로이 정죄하고자 애써야 하는가? 혹시 그의 내면에는 아트만이 없는 게 아닐까? 샘의 원천이 흐르지 않는 게 아닐까? 이 원천을 찾아내야 한다. 자아 속에 흐르는 원천을 찾아 내 것으로 만들어야 한다! 다른 것은 모두 헛된 구도요, 우회요, 방황일 뿐이다!

이것이 싯다르타의 생각이었고, 갈증이었고, 고뇌였다. 때때로 그는 찬도기야 우파니샤드 말씀을 외쳤다.

"범천의 이름은 진리다. 진실로 그것을 아는 자는 나날이 하늘나라로 들어가리라."

때로 하늘나라는 가까이 있는 것처럼 보였지만 그는 한 번도 그곳에 이르지 못했고, 궁극의 갈증을 풀지 못했다. 게다가 그가 아는 현자들, 그를 가르친 모든 현자들 역시 하늘나라에 이르거나, 영원한 갈증을 완전히 풀어본 사람은 아무도 없었다.

"고빈다, 바니아넨나무 밑에 가서 묵상하자."

싯다르타가 친구에게 말했다.

그들은 바니아넨나무 밑으로 가서 꿇어앉았다. 싯다르타는 여기, 스무 걸음 떨어진 곳에는 고빈다가 앉았다. 옴을 부를 준비를 하며 앉아 있는 동안 싯다르타는 입 속으로 이런 시구를 읊었다.

옴은 활, 영혼은 화살,
범은 우리가 반드시 맞춰야 할 화살의 과녁!

일상의 명상 시간이 지나자 고빈다는 자리에서 일어났다. 저녁 목욕재계를 할 시간이었다. 그는 싯다르타를 불렀다. 싯다르타는 대답이 없었다. 명상에 잠긴 그의 두 눈은 아득히 먼 곳에 고정되어 있었고, 이 사이로 혀끝이 살짝 보였다. 마치 숨조차 멈춘 것 같은 모습이었다. 그렇게 싯다르타는 옴을 생각하며, 자신의 영혼을 화살처럼 범에 겨눈 채 명상에 잠겨 앉아 있었다.

어느 날 사문(samana; 머리를 깎고 불문에 든 수도자)들이 싯다르타가 사는 도시를 지나가고 있었다. 고행하는 순례자, 깡마르고 초췌한 세 남자는 늙지도 젊지도 않았고, 먼지와 피투성이 어깨에, 거의 헐벗고 햇볕에 그을리고 고독에 휩싸인 채, 세상과 등진 낯선 모습이었다. 인간 세계 안에서는 이방인이요 앙상한 자칼 떼 같은 사문들! 그들의 등 뒤로 소리 없는 정열의 숨결이, 자기 파괴적인 봉사와 인정사정없는 자기 부정의 숨결이 뜨겁게 풍겼다.

그날 저녁, 명상을 마친 뒤에 싯다르타는 고빈다에게 말했다.

"고빈다, 내일 아침 일찍 싯다르타는 사문들에게 가려 해. 나는 사문이 될 거야."

고빈다는 창백하게 핏기를 잃었다. 친구의 조용한 얼굴에서 시위를 떠난 화살처럼 되돌릴 수 없는 결심을 읽은 것이다. 고빈다는 곧 깨달았다, 이제 시작되었다는 것을. 싯다르타는 이제 자기만의 길을 걷기 시작했고, 그의 운명이 움트기 시작했다는 것을. 또한 그와 함께 고빈다 자신의 운명도 움트기 시작했다는 것을. 고빈다의 얼굴은 마른 바나나 껍질처럼 창백해졌다.

"아, 싯다르타, 네 아버님이 허락하실까?"

고빈다가 외쳤다.

싯다르타는 각성자의 눈으로 고빈다를 바라보았다. 그는 단번에 고빈다의 영혼을 꿰뚫어 그의 불안하고 의존적인 마음을 읽었다. 그가 나지막이 말했다.

“고빈다, 쓸데없는 말은 그만 두자. 내일 아침 동이 트면 나는 사문이 될 거야. 더 이상 그 얘기는 하지 마.”

싯다르타는 아버지의 방으로 갔다. 돗자리 위에 앉은 아버지가 인기척을 느낄 때까지 싯다르타는 아버지의 등 뒤에 서 있었다. 브라만인 아버지가 말했다.

“싯다르타구나. 무슨 일이니?”

“용서하세요, 아버님. 내일 집을 떠나 고행자들에게 가겠다고 말씀드리러 왔습니다. 저는 사문이 되고 싶습니다. 아버님께서 그 길을 막지 않으시기 바랍니다.”

브라만 승려인 아버지는 침묵했다. 작은 창에 별들이 떠올라 그 모습이 변할 때까지 침묵은 계속되었다. 그 오랜 시간 동안 아들은 두 손을 맞잡고 서서 꼼짝도 하지 않았고, 아버지 역시 돗자리 위에 앉아서 꼼짝도 하지 않았다. 하늘에서 별들이 흐르고 있었다.

“브라만으로서 가혹한 분노의 말을 입에 담을 수는 없다. 하지만 불쾌한 마음까지는 어쩔 수 없구나. 두 번 다시 네 입에서 그런 말을 듣고 싶지 않다.”

마침내 아버지는 말하고 천천히 일어섰다. 싯다르타는 여전히 두 손을 맞잡고 묵묵히 서 있었다.

“무엇을 기다리느냐?” 아버지가 물었다.

“아버님은 알고 계십니다.” 싯다르타가 대답했다.

아버지는 불쾌한 마음으로 방을 나와, 불쾌한 마음으로 잠자리에 들었다. 하지만 한 시간이 지나도록 잠이 오지 않았다. 브라만은 일어나 서성이다가 밖으로 나왔다. 그는 조그만 창으로 방 안을 들여다보았다. 싯다르타는 여전히 두 손을 맞잡은 채 그 자리에 서 있었다. 옅은 겉옷이 창백하게 빛났다. 불안 가득한 마음으로 아버지는 침실로 돌아왔다.

다시 한 시간이 지났다. 여전히 잠이 오지 않아서 브라만은 다시 일어나 서성이다가 밖으로 나와 하늘에 떠 있는 달을 바라보았다. 그는 다시 창문으로 방 안을 들여다보았다. 싯다르타는 여전히 두 손을 맞잡은 채 꼼짝 않고 서 있었다. 달빛이 그의 드러난 종아리를 비추었다. 근심 가득한 마음으로 아버지는 침실로 돌아왔다.

한 시간 뒤에 다시 가고, 두 시간 뒤에 다시 가서 아버지는 작은 창문으로 들여다보았다. 처음에는 달빛 속에, 다음에는 별빛 속에, 그 다음에는 어둠 속에 서 있는 아들을 보았다. 처음에 그의 가슴은 분노로 가득 찼고, 다음에는 불안으로, 그 다음에는 두려움으로, 그리고 마지막에는 슬픔으로 가득 찼다. 밤이 끝나갈 무렵, 동 트기 전에 그는 방으로 들어가서 거기 서 있는 젊은이를 바라보았다. 그에게 그는 무척 크고 낯설어 보였다.

"싯다르타, 무엇을 기다리고 있니?" 아버지가 물었다.

"아버님은 알고 계십니다." 싯다르타가 대답했다.

"아침이 되고, 낮이 되고 저녁이 되도록 그렇게 서서 기다릴 거니?"

"서서 기다릴 겁니다."

"피곤해질 거야, 싯다르타."

"피곤해질 겁니다."

"잠이 올 거야, 싯다르타."

"잠들지는 않을 겁니다."

"죽게 될 거야, 싯다르타."

"죽게 될 겁니다."

"네 아비에게 복종하느니 차라리 죽겠다는 거니?"

"싯다르타는 늘 아버님께 복종했습니다."

"그럼 네 계획을 포기하겠다는 거니?"

"싯다르타는 아버님께서 하라는 대로 할 겁니다."

첫 아침 햇살이 방 안을 비췄다. 브라만은 싯다르타의 무릎이 조용히 떨리는 것을 보았다. 하지만 그의 얼굴은 흔들리지 않았고, 두 눈은 아득히 먼 곳을 응시하고 있었다. 아버지는 싯다르타가 이미 자기 곁을 떠났다는 것을 깨달았다. 그는 자기 곁에, 고향에 머물지 않을 것이었다. 아버지는 싯다르타의 어깨에 손을 얹고 말했다.

"숲으로 가서 사문이 되어라. 법열을 찾거든 내게도 와서 가르쳐다오. 혹시 실망하거든 언제든 돌아와 다시 함께 신들을 섬기자. 가서 어머니께 입 맞추고 네가 가는 곳을 말씀드려라. 첫 목욕재계를 할 시간이 됐으니 난 강으로 가마."

그는 아들의 어깨에서 손을 떼고 밖으로 나갔다. 싯다르타는 발을 떼다가 한쪽으로 비틀거렸지만 가까스로 팔다리를 지탱하고 서서 아버지께 인사한 다음, 어머니에게 가서 아버지가 말씀하신 대로 했다.

첫 아침 햇살 속에서 싯다르타는 무거운 다리를 이끌고 아직 고요한 도시를 천천히 걸어갔다. 거리 끝 오두막 옆에서 웅크리고 있던 그림자가 일어나 순례자에게 합류했다. 고빈다였다.

"너도 왔구나." 싯다르타가 웃으며 말했다.

"나도 왔어." 고빈다가 말했다.

사문들과 함께

그날 저녁 그들은 깡마른 고행자, 사문들을 따라잡았다. 두 사람은 그들과 함께 동행하며 그들에게 복종하게 해달라고 청하여 허락을 얻었다.

싯다르타는 길에서 만난 가난한 브라만에게 옷을 벗어주었다. 그는 아랫도리만 가리고 꿰매지도 않은 갈색 헝겊자락을 걸쳤다. 그는 하루에 한 끼만 먹었다. 그는 요리한 음식은 먹지 않았다. 그는 보름 동안 단식했다. 그는 한 달 동안 단식했다. 그의 허벅지와 뺨에서 살이 빠져나갔다. 한층 커다래진 그의 두 눈에는 뜨거운 꿈이 불타올랐고, 앙상한 손가락에는 손톱이 길게 자랐으며, 턱에는 까칠한 수염이 텁수룩하게 자랐다.

여자들과 마주칠 때면 그의 눈초리는 얼음처럼 싸늘해졌고, 호사스럽게 치장한 사람들 속으로 도시를 지나갈 때면 그의 입가에는 경멸의 빛이 떠올랐다. 그는 장사하는 상인들, 사냥 가는 귀족들, 죽은 자를 애통해하는 상제들, 몸을 파는 창녀들, 환자 때문에 애쓰는 의사들, 파종의 날을 맞추는 승려들, 사랑에 빠진 연인들, 아이에게 젖을 주는 어머니들을 보았다.

하지만 모든 것이 그에게는 거들떠볼 가치도 없는 것들이었다. 모든 것은 거짓이었다. 모든 것에서 거짓의 악취가 났다. 지금 의미 있어 보이고 행복해 보이고 아름다워 보이는 모든 것이 사실은 썩어 없어질 것들이었다. 세상은 쓰디쓴 맛이었고 삶은 곧 번뇌였다.

하나의 목표가, 단 하나의 목표가 싯다르타 앞에 세워졌다. 그것은 해탈이었다. 갈증에서, 욕망에서, 꿈에서, 기쁨과 슬픔에서 해탈하는 것! 자기 자신을 죽이는 것, 자아를 벗어나는 것, 텅 빈 마음에서 안식을 찾는 것, 자아를 벗어난 사유 속에서 기적을 만나는 것, 그것이 그의 목표였다. 자아 일체가 초극되고 소멸되었을 때에, 가슴 속의 모든 욕구와 충동이 침묵할 때에, 비로소 가장 궁극적인 것, 이미 자아보다 더 깊은 본질, 위대한 비밀이 깨어날 것이었다.

수직으로 찌르듯 내리쬐는 햇빛 속에서 싯다르타는 묵묵히 서 있었다. 견딜 수 없는 고통, 타는 듯한 갈증을 견디면서 그 고통, 그 갈증을 더 이상 느낄 수 없게 될 때까지 그는 묵묵히 서 있었다.

쏟아지는 빗속에서 싯다르타는 묵묵히 서 있었다. 빗줄기가 머리에서 시린 어깨, 시린 허리, 시린 다리로 흘러내렸다. 참회자는 어깨와 다리의 감각이 없어질 때까지, 어깨와 다리가 마침내 침묵할 때까지 서 있었다.

싯다르타는 가시덤불 속에 묵묵히 웅크리고 앉아 있었다. 가시에 찔린 피부는 타는 듯이 쑤셨고 상처에서는 피가 흐르다 못해 고름이 흘렀다. 그는 더 이상 피가 흐르지 않을 때까지, 더 이상 찌르는 고통을 느끼지 않을 때까지, 굳어버린 듯 꼼짝 않고 앉아 있었다.

싯다르타는 똑바로 앉아 숨을 절약하는 법을 배웠다. 숨을 거의 쉬지 않고 견디는 법을 배웠고, 숨을 멈추는 법을 배웠다. 싯다르타는 심장 고동을 쉬게 하는 법을 배웠고, 심장의 고동수를 점점 적게 하여 마침내는 거의 심장이 고동치지 않게 하는 법을 배웠다.

사문들 가운데 가장 연장자에게서 싯다르타는 새로운 사문의 규칙을 좇아 자아를 이탈하는 법을 배웠고, 사념 속으로 깊이 가라앉는 법을 연습했다.

해오라기가 대나무 숲 위를 날아갔다. 싯다르타의 영혼은 새를 흡수하여 숲과 산 위를 날았다. 그는 해오라기였다. 해오라기의 배고픔을 느끼며 물고기를 잡아먹고, 해오라기처럼 지저귀고, 해오라기의 죽음을 겪었다.

죽은 자칼 한 마리가 모래 언덕에 누워 있었다. 싯다르타의 영혼은 그 시체 속으로 흘러들어갔다. 그는 죽은 자칼이었다. 해변에 누워 부풀고 썩어 악취를 뿜었다. 시체를 먹는 산돼지에게 먹히고 독수리에게 뜯겨 해골이 되고 먼지가 되어 들판에 흩날렸다.

싯다르타의 영혼은 다시 돌아왔다. 그는 죽고 썩고 먼지가 되어 날리는 윤회의 슬픈 무아지경을 맛보았다. 그는 사냥꾼처럼 새로운 기대감에 차서, 윤회에서 빠져나올 수 있는 지점, 인과율이 마침표를 찍고 고뇌 없는 영원이 시작되는 틈새를 겨누며 기다렸다.

그는 감각을 죽이고 기억을 죽였다. 그는 자아에서 빠져나와 수천의 낯선 형상 속으로 미끄러져 들어갔다. 그는 짐승이 되었고, 썩은 고기가 되었고, 돌이 되었고, 나무가 되었고, 불이 되었다. 하지만 깨어났을 때는 늘 자신에게로 돌아와 있었다. 태양은 여전히 비쳤고 달도 여전히 비쳤으며 그도 여전히 자기 자신이었다. 윤회 속에서 떠다니며 느껴지는 갈증을 이겨내고 나면 새로운 갈증이 느껴졌다.

싯다르타는 사문들 곁에서 많은 것을 배웠다. 고통을 통하여 자아를 벗어나는 길을 걸었고, 고통과 배고픔, 갈증과 피로를 자진해서 겪고 극복함으로써 자아를 벗어나는 길을 걸었다. 그는 이런저런 길을 걸어 수천 번 자아를 버렸다. 몇 시간이고, 며칠이고, 그는 무아의 경지에 머물러 있었다.

하지만 아무리 자아를 버리고 달려도 그 끝은 언제나 자아였다. 수천 번을 자아에서 도망쳐 무에 머무르고, 동물 속에, 돌 속에 머물러도 결국 자아로 되돌아오는 것을 피할 수 없었고, 유한한 시간에서 빠져나올 수 없었다. 태양빛 속에서, 달빛 속에서, 그늘 안에서, 비가 오는 가운데에서 그는 다시 자아를 찾게 되기 때문이었다. 다시 싯다르타라는 개체로 돌아와 윤회의 고통을 느끼게 되기 때문이었다.

그의 곁에는, 그의 그림자 고빈다가 살고 있었다. 그들은 같은 길을 걸으며 같은 목표를 위해 있는 힘을 다했다. 그들은 봉사와 수도를 하는 과정에서 필요한 경우를 제외하고는 서로 말을 주고받는 일이 거의 없었다. 가끔 그들은 자신들과 스승들의 양식을 얻기 위하여 둘이 함께 마을을 돌곤 했다.

"어떻게 생각해, 고빈다?"

어느 날 탁발 길에서 싯다르타가 물었다.

"우리는 얼마나 멀리 걸어온 것일까? 과연 우리는 목표에 가까워지고 있는 것일까?"

"그동안 우린 많이 배웠지. 그리고 앞으로도 계속 배울 거고. 넌 위대한 사문이 될 거야, 싯다르타. 넌 빠르게 모든 수련을 익혔어. 연로한 사문들께서도 너를 보고 여러 차례 감탄하셨지. 싯다르타, 넌 성자가 될 거야."

고빈다가 대답했다.

"난 그렇게 생각하지 않아, 친구. 지금까지 사문들 곁에서 배운 것들은 사실 더 빨리, 더 쉽게 배울 수도 있었던 것들이었어. 고빈다, 그런 것들은 창기들이 있는 아무 술집에서나 노동자들과 도박꾼들과 어울렸더라도 배울 수 있었을 거야." 싯다르타가 말했다.

"싯다르타, 농담이지? 그런 비참한 사람들 곁에서 어떻게 명상을 배우고, 숨을 멈추는 법을 배우고, 배고픔과 고통에 무감각해지는 것을 배울 수 있었겠어?"

고빈다가 되물었다. 그러자 싯다르타는 자신에게 말하듯 나지막이 말했다.

"명상이란 무엇인가? 육체를 버린다는 것은 무엇인가? 단식이란 무엇인가? 숨을 멈추는 것이란 무엇인가? 그것은 자아에서 도망치는 거야. 자아의 번뇌에서 일시적으로 빠져나오는 것일 뿐이고, 삶의 무상과 번뇌를 잊으려는 일시적인 마취에 지나지 않는 거야. 여인숙에 묵는 목자라도 술 몇 잔 마시면, 발효한 야자유를 마시면,

똑같은 도피, 똑같은 일시적인 마취를 맛보게 돼. 자신을 잊고 삶의 번뇌를 잊으며 일시적인 마취에 빠지는 거야. 술잔 위에서 졸고 있을 때 그는 싯다르타와 고빈다가 오랜 수도 끝에 육신을 벗어나 무아의 경지 속에 머무르게 될 때 발견하는 것과 같은 경지를 발견하는 거야. 바로 그런 거라고, 고빈다."

"말은 그렇게 해도 싯다르타, 넌 네가 소를 모는 목동이 아니고, 사문은 술꾼이 아니라는 것을 잘 알잖아. 술꾼은 몽롱하게 취하여 일시적인 도피와 휴식은 얻을지 몰라도 결국 미몽에서 깨어나면 모든 것이 옛날과 다름없다는 것을 알게 되지. 더 지혜로워지지도, 더 많은 지식을 쌓은 것도, 더 높은 단계에 올라선 것도 아니니까."

고빈다의 말에 싯다르타는 미소를 지었다.

"그건 나도 몰라. 난 지금껏 술꾼이 되어본 적이 없으니까. 하지만 나, 싯다르타는 명상과 수도 속에서 단지 일시적인 마취를 맛보았을 뿐이라는 것, 태내에 있는 어린애처럼 도통과 구제에 이르기에는 아직도 까마득하다는 것을 알아. 고빈다, 내가 아는 것은 그것뿐이야."

그리고 다시 어느 날, 두 사람이 동료 사문들과 스승이 먹을 것을 얻기 위해 숲을 떠나 마을로 걸어가고 있을 때 싯다르타가 말했다.

"이젠 어때, 고빈다? 우린 지금 올바른 길을 걷는 것일까? 우리는 깨달음에 좀 더 가까워졌을까? 우리는 구원에 좀 더 가까워졌을까? 어쩌면 우린 여전히 윤회 속을 맴돌고 있는 것이 아닐까? 윤회 속에서 기어이 빠져나오겠다고 생각하면서도 말이야."

"우리는 많은 것을 배웠고 아직도 배울 것이 많이 남아 있어, 싯다르타. 우리는 지금 윤회 속을 맴도는 것이 아니라 높은 곳을 향해 계속 올라가고 있는 거야. 바퀴는 나선형이지. 우리는 이미 많은 단계를 올라선 거야." 고빈다가 대답했다.

"우리가 존경하는 스승, 가장 연로하신 사문께서는 연세가 얼마나 되셨을까?" 싯다르타가 물었다.

"아마 60은 되셨을 걸." 고빈다가 대답했다.

"60이 되도록 그분은 열반에 이르지 못하셨어. 그분은 곧 70세가 되고 80세가 될 거야. 그리고 너와 나, 우리도 그분과 똑같이 늙어가면서 수련하고 금식하며 명상하겠지만 열반에 이르지 못할 거야. 스승님도, 우리도! 아, 고빈다, 이 세상의 어느 사문도, 단 한 사람도 열반에 이르지 못할 거야. 우리는 위안을 얻고, 마취되고, 스스로를 속이는 기술을 배울 뿐, 본질적인 것, 진짜 길은 발견하지 못할 거야." 싯다르타가 말했다.

"그렇게 무서운 말을 하다니, 싯다르타! 그 많은 학자들, 브라만들, 엄격하고 존경스러운 사문들, 그 많은 구도자들과 혼신을 다하고 있는 탐구자들, 그 많은 성자들 가운데에서 진짜 길을 발견하는 사람이 어떻게 하나도 없을 수 있겠어?" 고빈다가 말했다.

하지만 싯다르타는 깊은 슬픔이 담긴 목소리로, 그 슬픔만큼 깊은 조롱이 담긴 목소리로 나지막이 말했다.

"고빈다, 머지않아 네 친구는 그토록 오랫동안 너와 함께 걸어온 사문의 길을 떠날 거야. 아, 고빈다, 나는 아직도 갈증 때문에 괴로워하고 있어. 그토록 오랫동안 사문의 길을 걸으면서도 나의 갈증은 조금도 가시지 않았거든. 언제나 나는 지식을 갈구했고 언제나 의문으로 가득 차 있었지. 몇 해를 두고 끊임없이 나는 브라만에게 물었고 베다 성전에 물었어. 그리고 또 몇 해를 두고 끊임없이 믿음 두터운 사문들에게 물었지.

아, 고빈다, 새나 침팬지에게 물어보았어도 그만큼은 선해지고, 그만큼은 지혜로워지고, 그만큼은 성스러워졌을 거야. '인간은 아무것도 배울 수 없다'는 사실을 배우기 위하여 나는 그토록 오랜 시간을 낭비했던 거야. 게다가 아직도 그 배움에 마무리를 짓지 못했어. 진실로 우리가 '배운다'고 부를 수 있는 것은 아무 것도 없어.

오직 단 하나의 깨달음이 있을 뿐이야! 그것은 어디에나 있어. 내 속에, 너의 속에, 그리고 모든 존재의 속에 있어. 그건 바로 아트만이라는 깨달음이야. 이 깨달음 앞에서는 알고자 하는 것, 배운다는 것보다 더 경박한 적은 없다는 것을 이제 나는 믿기 시작했어."

고빈다는 걸음을 멈추고 두 손을 높이 들면서 말했다.

"싯다르타, 그런 말로 네 친구를 불안하게 하지 말아줘. 네 그런 말을 듣고 있으면 내 가슴은 불안해지니까. 하지만 생각해봐. 너의 말대로 배운다는 것이 없어진다면, 대체 기도의 성스러움은 어떻게 되고, 브라만 계급의 권위는 어떻게 되고, 사문의 신성함은 다 어떻게 되는 거야? 싯다르타, 그렇다면 이 세상에서 가치 있고 존중할 만한 것이 대체 무엇이 있겠어?"

그리고 고빈다는 우파니샤드의 구절을 혼자 중얼중얼 읊조렸다.

정결한 정신으로 명상하여
아트만 속에 가라앉은 자여,
말할 수 없는 열락이
그 마음에 있으리로다.

싯다르타는 침묵했다. 그는 고빈다가 한 말의 의미를 생각했다. 그렇다! 우리가 신성하게 여기는 모든 것들 가운데 무엇이 남을 것인가? 그는 고개를 숙인 채 우뚝 서서 생각했다. 무엇이 남을 것인가? 무엇이 보존될 것인가? 그는 고개를 저었다.

두 청년이 사문들 곁에서 지내며 수도한 지 어느덧 3년이 되었다. 어느 날, 소식이, 소문이, 풍설이 온갖 길을 거치고 돌아서 두 청년의 귀에까지 들렸다. 고타마라는 인물, 이승의 번뇌를 초극하고 윤회의 바퀴를 멎게 한 숭고한 인물 붓다가 나타났다는 소문이었다. 그는 가르침을 베풀면서 젊은이들에게 에워싸여 온 나라를 누비고 있다고 했다. 재물도, 고향도, 아내도 없이, 고행자의 누런 가사를 걸친 그는 빛나는 이마를 가진 자이고, 구함을 받은 자이며. 브라만들과 제후들이 그의 앞으로 와서 경배하며 제자가 된다는 것이었다.

이러한 전설, 소문, 동화가 여기저기서 음향처럼, 향기처럼 번졌다. 도시에서는 브라만들이, 숲속에서는 사문들이 이러한 소문을 말했다. 고타마, 붓다의 이름은 젊은이들의 귀에 좋게, 또는 나쁘게, 칭송으로, 또는 비방으로 거듭거듭 들려왔다.

마치 흑사병이 만연할 때, 어느 지방에 말과 입김만으로 능히 모든 전염병 환자를 고치는 어진 명의가 있다는 소문이 솟아나는 것처럼, 그리하여 그 소문이 온 나라에 두루 퍼져 누구나 그 명의에 관해 말하게 되고, 누구는 믿고, 누구는 미심쩍어하지만, 어느덧 많은 사람들이 어진 명의를 찾아 길을 떠나는 것처럼, 고타마, 붓다, 샤카족 현자에 관한 향기로운 소문은 온 나라에 두루 삽시간에 퍼져 나갔다.

그는 최고의 인식에 도달했으며, 전생을 기억하고, 니르바나에 이르러 다시는 윤회 속에 빠져들지 않으며, 다시는 형상계의 탁류에 휩쓸리지 않는다고 그를 믿는 사람들은 말했다. 그에 관하여 수많은 신기하고 불가사의한 소문들이 떠돌았다. 그는 기적을 행하고, 악마를 이기고, 신과 대화를 한다는 것이었다. 하지만 그를 믿지 않는 적대자들은 고타마야말로 천박한 유혹자로서 편안한 세월을 속절없이 보내고 있고, 제식을 경시하며 학식도 없고 수도도 금욕도 모르는 자라고 비난했다.

붓다에 관한 소문은 달콤한 매력을 풍겼다. 실제로 세계는 병들어 있고 인생은 고해였다. 그런데 보라! 그것은 마치 샘이 솟는 것 같았다. 위안과 사랑과 고귀한 약속이 가득 찬 복음이 울리는 것만 같았다.

붓다의 소문이 들리는 곳이라면 어디서든지, 청년들은 귀를 기울였고 동경과 희망을 느꼈다. 그리하여 세존 석가모니에 대한 지식을 안고 오는 순례자나 나그네는 누구든 마을과 도회지에서 브라만의 아들들의 환영을 받았다.

깊은 산속에 사는 사문들에게도, 싯다르타와 고빈다에게도 이 소문이 들려왔다. 물방울이 돋는 것처럼 드문드문, 아주 천천히 들려왔지만 하나같이 희망으로, 의혹으로 가득 차게 하는 소문들이었다. 하지만 그들은 그 소문에 관해 거의 말하지 않았다. 사문의 최고 장로께서 그 소문에 호감을 갖고 있지 않았기 때문이었다. 그 장로께서는 붓다를 사칭하는 그 자가 언젠가 금욕자로서 심산에서 살았는데 그 뒤 곧 영화와 쾌락의 세계로 환속한 자라는 소문을 듣고, 고타마에 대해 도저히 존경심을 느낄 수 없었던 것이다.

어느 날 고빈다는 친구에게 말했다.

"싯다르타, 오늘 마을에 갔는데 어떤 브라만이 나를 자기 집으로 초대했어. 그런데 그의 집에는 붓다를 직접 눈으로 보고 그 가르침을 귀로 들은 마가다국 출신 브라만의 아들이 있었어. 진실로 그때 나는 고통스럽도록 가슴이 조이는 것을 느꼈어. 나도, 아니 너와 나, 우리 두 사람도, 그 선지자의 입에서 나오는 가르침을 직접 들을 수 있다면 얼마나 좋을까! 어때, 친구, 우리도 붓다의 가르침을 직접 들으로 갈까?"

"아, 고빈다. 난 너라면 언제까지나 사문들 곁에 남아 있을 거라고 생각했어. 60세, 70세가 되도록 여기에 남아서 사문을 장식하는 기예와 고행을 다할 거라고. 그런데 이제 보니 나는 고빈다를 조금도 알지 못했군. 너의 마음을 거의 헤아리지 못했어. 내 소중한 친구여, 그럼 이제 너는 새로운 길로 접어들어 붓다의 설법이 들리는 곳으로 가려는 거구나." 싯다르타가 말했다.

"비웃는구나. 비웃어도 괜찮아. 하지만 싯다르타! 네 마음속에도 붓다의 설법을 듣고 싶은 욕구와 의지가 있지 않아? 그리고 더 오래는 사문의 길을 걷지 않을 거라고 언젠가 내게 말한 적도 있잖아?" 고빈다가 말했다.

그러자 싯다르타는 슬픔과 조소의 그림자가 드리운 것 같은 특유의 방식으로 웃으며 말했다.

"맞아, 고빈다. 네 말이 옳아. 네 기억이 맞아. 아마 넌 내가 했던 또 다른 말도 기억하고 있을 거야. 가르침과 배움에 대해 의혹을 품게 되었고 싫증을 느끼게 되었다는 것, 그리고 스승들이 전해주는 말씀에 대한 나의 믿음이 극히 적다고 말한 것 말이야. 친구여! 사실 나 역시 그 설법을 듣겠다고 이미 마음먹고 있었어. 비록 마음 깊은 곳에서는 그 설법 가운데 가장 값진 열매는 이미 맛본 셈이라고 생각하지만."

"네 말을 들으니 마음이 가벼워지는걸. 하지만 어떻게 그것이 가능한지부터 말해줘. 우리가 듣기도 전에, 어떻게 고타마의 가르침 가운데 가장 값진 열매를 미리 맛본 셈이라는 거야?" 고빈다가 말했다.

"아, 고빈다! 우리가 이미 맛본 이 열매는, 우리가 고타마에게 감사하고 있는 이 열매는, 그가 사문들 곁에서 떠나도록 우리를 부르고 있다는 거야! 그가 우리에게 또 다른 값진 것을 줄 수 있을지 없을지는, 조용한 마음으로 기다려보자." 싯다르타가 말했다.

바로 그날, 싯다르타는 사문의 최고 장로에게 떠나겠다고 아뢰었다. 그는 아랫사람으로서, 제자로서 예의바르고 겸손한 태도로 말씀을 드렸다. 하지만 장로는 두 청년이 자기를 떠나려 하는 것에 대노하여 큰 소리로 꾸짖었다. 고빈다는 놀라서 어찌할 바를 몰랐다. 하지만 싯다르타는 고빈다의 귀에 대고 이렇게 속삭였다.

"내가 이 노인에게 그동안 그의 곁에서 배운 것을 보여줄 때가 온 것 같아."

그는 사문 앞으로 가까이 서더니 정신을 집중하여 두 눈을 노인의 두 눈에 못 박았다. 노인은 꼼짝없이 벙어리가 되었고 눈은 굳어버렸으며 의지는 마비되었고 팔은 맥없이 늘어져, 무력하게 싯다르타의 뜻에 따랐다. 싯다르타의 사고에 지배당한 노사문은 몇 번이나 고개 숙여 절하고 축복의 합장을 하면서, 경건한 여행이 되라고 더듬더듬 축원했다. 청년들은 마주 감사하여 절하고 마주 축원하며 작별하고 그곳을 떠났다.

"싯다르타. 너는 사문들 곁에서 내가 생각했던 것보다 훨씬 더 많은 것을 배웠구나. 노사문을 마력으로 사로잡는 건 정말 어려운 일인데 말이야. 네가 거기 그대로 머물러 있었다면 물 위를 걷는 법도 쉽게 배웠을 거야." 고빈다가 말했다.

"나는 물 위를 걷는 걸 갈망하지 않아. 늙은 사문들께서는 그런 기예에 만족하겠지만." 싯다르타가 말했다.

고타마

사바티 시에서 세존 붓다의 이름을 모르는 사람은 아무도 없었고, 탁발하는 고타마의 제자들은 언제 어느 곳에서나 환대를 받았다. 이 도시 근처에는 고타마가 가장 즐겨 머무는 기원 예타바나가 있었다. 고타마의 신봉자인 부유한 상인 아나타핀디카가 고타마와 그의 제자들을 위해 기꺼이 바친 곳이었다.

젊은 두 고행자는 고타마를 찾아가는 동안 고타마가 머물고 있는 지역에 관하여 많은 이야기를 주고받았다. 사바티에 도착하여 처음 시주를 구하며 문 앞에 선 집에서 음식을 대접받게 되었다. 싯다르타는 음식을 건네주는 부인에게 물었다.

"자비로운 부인이여, 존귀하신 붓다가 어디 계신지 진심으로 알고 싶습니다. 우리 두 사람은 숲에서 온 사문으로, 정각에 이르신 존자 붓다를 뵙고, 그의 설법을 들으려고 왔습니다."

"숲에서 온 사문들이여, 잘 오셨습니다. 지금 높으신 그 분께서는 기원에서, 아나타핀디카의 정원에서 머물고 계십니다. 두 분 순례자께서도 그곳에 가시면 그곳에서 밤을 지낼 수 있을 것입니다. 그곳은 그분의 설법을 들으려고 몰려오는 수많은 사람들을 다 받아들일 만큼 충분히 넓으니까요." 부인이 대답했다.

부인의 대답을 듣고 고빈다는 기쁨에 넘쳐 외쳤다.

"그렇다면 우리는 목표를 달성하고 길을 다 온 셈이군요! 순례자의 어머니여, 말씀해주세요. 붓다를 아세요? 그분을 직접 본 적이 있으세요?"

"나는 그 높으신 분을 여러 번 뵈었어요. 누런 가사를 걸치고 묵묵히 거리를 걸어가는 모습도 뵈었고, 집집마다 대문 앞에 묵묵히 탁발을 내놓으시는 모습도 뵈었고, 채워진 그릇을 들고 떠나시는 모습도 여러 번 뵈었답니다." 부인이 대답했다.

고빈다는 기쁨에 들떠 어쩔 줄 몰라하며 부인의 말에 귀를 기울였다. 그는 더 많은 것을 묻고 답을 듣고 싶어 했다. 하지만 싯다르타가 길을 재촉했다. 그들은 부인에게 감사 인사를 하고 길을 떠났다. 기원으로 가는 길은 물어볼 필요도 없었다. 적지 않은 순례자와 고타마 교단의 승려들이 기원을 향해 가고 있었기 때문이다.

그들은 한밤중에 그곳에 도착했다. 잇따라 도착한 무리들이 숙소를 정해 받느라 외치고 떠드는 소리가 끊임없이 들렸다. 숲속 생활에 익숙한 두 사문은 소리 없이 그리고 쉽게 의지할 곳을 찾아 아침까지 쉬었다.

새벽녘, 그들은 그곳에서 밤을 지낸 신자들과 호기심에 찬 무리가 엄청나게 많은 것을 보고 깜짝 놀랐다. 아름다운 숲속 길목마다 누런 가사를 걸친 승려들이 거닐었고, 나무 그늘마다 여기저기 명상에 잠긴 승려들, 영적인 대화를 나누는 승려들이 앉아 있었다. 녹음이 우거진 정원은 마치 인간들이 벌떼처럼 붐비는 장터 같았다.

승려들은 대부분 하루의 유일한 끼니인 점심 식사를 얻으려고 탁발을 들고 마을로 떠나고 있었다. 각성자인 붓다 자신도 아침마다 늘 시주를 구하러 떠나셨다.

싯다르타는 붓다를 보았다. 신이 손가락으로 콕 찍어 알려주신 것처럼 그는 붓다를 알아보았다. 누런 가사를 걸치고 탁발을 손에 들고 말없이 걸어가는 꾸밈없는 남자, 붓다를 보았다.

"여기 좀 봐! 여기 이 분이 붓다셔."

싯다르타는 고빈다에게 나직이 말했다. 고빈다는 누런 가사를 걸친 그 승려를 주의 깊게 바라보았다. 다른 몇 백의 승려들과 구별되는 점이라곤 아무것도 없었다.

그런데도 고빈다 역시 그가 붓다라는 것을 당장에 알아보았다. 그들은 붓다의 뒤를 따라가며 유심히 관찰했다.

붓다는 겸허한 태도로 깊은 생각에 잠겨 길을 걸어갔다. 그의 조용한 얼굴은 기쁨도 슬픔도 없이 그저 내면을 향해 미소 짓고 있는 것처럼 보였다. 보이지 않는 웃음을 띠고 조용하고 침착하게 붓다는 건강한 어린아이처럼 걸어갔다. 자신을 따르는 다른 모든 승려들과 똑같은 옷을 걸치고 엄격한 계율을 좇아 발을 내디뎠다.

얼굴, 걸음걸이, 조용히 아래를 향한 시선, 조용히 늘어뜨린 팔, 늘어진 팔의 손가락 하나하나까지도 평화를 말하고 있었고 완전함을 말하고 있었다. 무엇을 추구하는 것도, 흉내 내는 것도 아니었다. 그의 온몸은 구원의 안식 속에, 구원의 광명 속에, 범할 수 없는 평화 속에 고요히 숨 쉬었다.

이렇게 고타마는 시주를 구하러 마을을 향해 걸어가고 있었다. 그리고 두 사문이 그를 알아볼 수 있었던 유일한 표적은 완전하게 평온한 모습, 평화로운 자태였다. 구함도, 욕망도, 모방도, 애쓰는 모습도 찾아볼 수 없는, 광명과 평화로움만이 감도는 그 모습이었다.

"드디어 오늘 우리는 그 분의 설법을 듣게 될 거야." 고빈다가 말했다.

싯다르타는 대답하지 않았다. 그는 고타마의 설법에 대해서는 별로 흥미가 없었다. 설법에서 새로운 무엇을 배우게 될 것이라고 믿지 않았다. 고빈다와 마찬가지로, 간접적으로나마 붓다의 설법 내용을 이미 여러 번 들었던 것이다.

하지만 싯다르타는 고타마의 머리를, 두 어깨를, 두 발을, 조용히 늘어진 손을 보았다. 싯다르타의 눈에는 그 손가락 마디마디까지 교훈으로 비쳤다. 고타마는 몸으로 말했고, 몸으로 숨 쉬었고, 몸으로 향기를 뿜었고, 몸으로 진리를 말했다. 붓다는 머리끝에서 발끝까지 작은 몸짓 하나하나가 그대로 참이었다. 싯다르타는, 지금 이 사람에게 느끼는 존경과 사랑을 그 누구에게도 느껴 본 적이 없었다.

두 청년은 붓다를 따라 마을까지 갔다가 묵묵히 돌아왔다. 그날은 금식을 하려고 작정했기 때문이다. 그들은 고타마가 돌아오는 모습을 보았다. 그들은 그가 젊은 제자들에 둘러싸여 식사하는 모습을 보았다. 그가 먹은 양으로는 새라도 배부르지 못했으리라. 그들은 그가 망고나무 그늘로 돌아가는 것을 보았다.

저녁 무렵, 낮의 열기가 잦아들고 만물이 보금자리에서 생기를 되찾아 모여들었을 때, 그들은 붓다의 가르침을 들었다. 그들은 그의 목소리를 들었다. 그 목소리까지도 완벽했다. 평온과 평화로움이 넘치는 목소리였다.

고타마는 번뇌에 대하여, 번뇌의 유래에 대하여, 번뇌를 해탈하는 길에 대하여 가르쳤다. 그의 침착한 목소리가 조용하고 낭랑하게 흘렀다.

인생은 고해다. 세계는 번뇌로 충만하다.

하지만 이제 번뇌에서 해탈하는 법을 찾게 되었다.

붓다의 길을 걸어가는 자는 반드시 해탈할 것이다.

부드러우면서도 힘찬 어조로 붓다는 말했다. 그는 사성제(불교의 실천적 원리 대강령)와 팔정도(불교의 실천 수행 8가지)를 가르쳤다. 알아듣기 쉽게 비유와 반복의 평범한 방식으로 가르쳤다. 그의 목소리는 한 줄기 빛처럼, 별빛처럼, 맑고 조용하게 청중 위를 흘렀다.

붓다가 설법을 마쳤을 때는 이미 밤이었다. 많은 순례자들이 앞으로 나아가 붓다의 교단에 들어가기를 청하고 교의에 귀의했다. 고타마는 그들을 받아들이며 이렇게 말했다.

"그대들은 가르침을 잘 듣고 바로 알아들었다. 이리와서 거룩한 길을 걸어라. 모든 번뇌에서 벗어나리라."

그때, 소심한 고빈다도 앞으로 나아가 말했다.

“세존, 당신의 교의에 귀의합니다.”

고빈다는 승단에 입적할 것을 간청하여 허락을 얻었다. 붓다가 쉬려고 돌아가자, 그는 싯다르타에게 열렬하게 말했다.

“싯다르타, 내가 널 책망하는 건 말도 안 되는 일이지만, 우린 같이 세존의 목소리를 들었고, 그의 설법을 들었어. 그래서 고빈다는 그 가르침에 귀의했어. 그런데 사랑하는 친구여, 너는 해탈의 길을 걷지 않을 거야? 아직도 넌 머뭇거리며 기다릴 게 더 있는 거야?”

고빈다의 말에 싯다르타는 잠에서 깨어나듯 눈을 떴다. 그는 한참 동안 고빈다의 얼굴을 바라보다가 조소의 기색이 전혀 없는 목소리로 나직이 말했다.

“나의 친구, 고빈다, 이제 너는 너 자신의 길에 첫 걸음을 내디뎠어. 너 자신의 길을 선택한 거야. 고빈다, 너는 언제나 나의 친구였어. 언제나 나의 뒤를 따라왔지. 가끔 나는 생각했어. 고빈다도 언젠가는 나 없이 자신의 영혼으로, 자신의 발걸음을 내디딜 때가 오지 않을까? 그런데 봐, 이제 너는 한 남자가 되어 너 자신의 길을 선택했어. 아, 나의 친구여! 그 길을 끝까지 걸어가기를! 그리하여 해탈의 경지에 이르기를!”

고빈다는 친구의 뜻을 완전히 이해하지 못했다. 그는 초조하게 다시 물었다.

"말해줘, 사랑하는 친구여! 제발 내게 말해줘. 세존 붓다에게 귀의하지 않고 달리 어떤 길이 있는지 내게 말해줘! 지혜로운 나의 친구여!"

싯다르타는 고빈다의 어깨에 손을 얹었다.

"너는 나의 축원을 흘려들었구나. 고빈다, 다시 말할게. 너는 그 길을 끝까지 걸어가기를! 그리하여 해탈의 경지에 이르기를!"

순간 고빈다는 친구가 자기 곁에서 떠났다는 것을 깨달았다. 그는 울기 시작했다.

"싯다르타!" 비탄에 싸여 그가 외쳤다.

"잊지 마, 고빈다, 너는 이제 붓다에 귀의한 몸이라는 것을! 너는 고향과 부모를 버리고, 혈통과 재산을 버리고, 너 개인의 욕망을 버리고, 우정을 버렸어. 그것이 가르침의 뜻이고, 세존의 뜻이야. 너 자신도 그걸 원했지. 아, 고빈다, 내일 아침에 나는 너를 떠날 거야."

싯다르타가 다정하게 말했다.

그러고 나서 두 친구는 한동안 숲속을 거닐다가 잠자리에 누웠다. 하지만 오래도록 잠들 수가 없었다. 고빈다는 끊임없이 왜 고타마의 교의에 귀의할 수 없는지, 그

교의에 무슨 결함이 있는지 말해달라고 졸랐다. 하지만 싯다르타는 번번이 거절하며 말했다.

"안심해, 고빈다. 세존의 설법은 참으로 훌륭해. 거기에 무슨 결함이 있겠어?"

이튿날 새벽, 붓다의 제자 가운데 가장 늙은 승려가 정원을 두루 돌아다니며 새로 붓다의 교단에 귀의한 자들을 불러 모았다. 그는 그들에게 황색 도포를 나눠주고, 지켜야 할 기초적인 계율과 교리를 가르쳐주었다.

고빈다는 그의 청춘 시절의 친구를 다시 한 번 포옹하고 뛰쳐나가 새로 온 수도승의 행렬에 합류했다.

싯다르타는 생각에 잠겨 숲속을 거닐었다.

그때 우연히 그는 세존 고타마와 마주쳤다. 그는 경의를 표하며 인사했다. 붓다의 시선은 친절과 고요로 가득 차 있었다. 청년은 용기를 내어, 세존께 말씀드릴 것이 있으니 용서해달라고 청했다. 세존은 조용히 고개를 끄덕여 허락했다.

"세존이시여. 저는 당신의 설법을 듣기 위해 친구와 함께 먼 곳에서 왔습니다. 어제 저는 당신의 놀라운 설법을 들었습니다. 저의 친구는 이미 당신께 귀의하였고, 당신 곁에 머물 것입니다. 하지만 저는 다시 순례의 길을 떠나려고 합니다." 싯다르타가 말했다.

"뜻대로 하세요." 세존이 공손하게 말했다.

"외람된 말씀인 줄은 알지만 세존께 제 생각을 솔직하게 말씀드리지 않고는 떠날 수 없습니다. 세존이시여, 잠시 제 말을 들어주시겠습니까?" 싯다르타가 물었다.

붓다는 묵묵히 고개를 끄덕여 허락했다.

"세존이시여, 당신의 설법에서 제가 무엇보다 감탄한 것은 당신의 교의 안에서 만물이 완벽하게, 이론의 여지없이 증명되었다는 사실입니다. 당신은 세계를 하나의 완전한 사슬로, 인과의 법칙으로 짠 영원한 사슬로 제시하셨습니다. 이제껏 누구도 그것을 그토록 명백히 보여준 적이 없고, 그토록 이론의 여지없이 설명해준 적이 없었습니다. 세계를 수정처럼 투명하고, 우연의 지배도, 신들의 지배도 받지 않는, 빈틈없고 완벽한 총체로 보여주는 당신의 교의에, 모든 브라만의 심장은 격렬히 뛰지 않을 수 없었을 것입니다. 세계가 선한지 악한지, 인생이 괴로운지 즐거운지 하는 것은 나중에 생각해도 되는 문제입니다. 그것은 아마도 본질적인 것이 아닐 테니까요. 이제 세계의 단일성, 만물의 생성 관계, 크고 작은 만물이 동일한 흐름에서 동일한 인과 법칙, 생성과 소멸의 법칙에서 유래하여 엉켜 있다는 것이 당신의 위대한 설법에서 밝게 드러났습니다.

아, 완성자시여, 하지만 당신의 설법에서 만물의 이러한 단일성과 일관성은 어느 한 곳에서 끊어지고 맙니다. 그 작은 틈새로 이 단일한 세계에 생소하고, 새롭고, 일찍이 없었고, 제시될 수도, 증명될 수도 없는 어떤 것이 새어 들어옵니다. 그것은 세계의 초극, 해탈에 관한 당신의 설법입니다. 이 작은 틈새로 인하여, 이 작은 구멍으로 인하여, 영원하고 단일한 세계의 법칙 전체가 다시금 부서지고 파기되고 만 것입니다. 감히 이런 이론을 말씀드린 것을 용서하시기 바랍니다."

고타마는 내내 꼼짝 않고 조용히 싯다르타의 말에 귀를 기울였다. 그리고 그의 말이 끝나자, 특유의 공손하고 낭랑한 음성으로 다정하게 완성자는 말했다.

"브라만의 아들이여, 나의 설교를 듣고 그토록 깊이 생각하다니 훌륭하오. 그대는 나의 설교에서 하나의 틈새를, 결함을 발견해냈소. 그 점에 대해 계속 깊이 생각하기 바라오. 하지만 지식을 갈구하는 자여, 허다한 의견들의 총림, 말을 위한 말, 논쟁을 위한 논쟁을 경계하시오. 의견 자체에는 아무런 비중도 없소. 그것은 아름다울 수도 있고 추할 수도 있으며, 지혜로울 수도 있고 어리석을 수도 있소. 의견에 집착하거나 비난하는 것은 누구라도 할 수 있는 것이오. 사실 그대가 들은 나의 설법은 내 의견이 아니고, 그 목적 또한 지식을 갈구하는 자들을 위하여 세계를 규명하고자 하는 것이 아니요. 그 목적은 다른 데에 있소. 번뇌에서 해탈하는 것! 그것이 바로 고타마가 가르치는 것이오. 다른 무엇도 아니오."

"아, 세존이시여, 노여워 마소서. 세존과 논쟁을 하려고, 말을 위한 말싸움을 하려고 말씀 드린 것은 아닙니다. 의견 자체에는 별로 비중이 없다는 세존의 말씀이 옳습니다. 하지만 한마디만 더 말씀드리게 해주십시오. 당신께서 붓다라는 것, 당신께서 목표에 도달하셨다는 것, 그 숱한 브라만과 브라만의 아들들이 도달하고자 하는 최고의 목표에 도달하셨다는 것을, 저는 한순간도 의심한 적이 없습니다. 당신께서는 죽음에서 해탈하는 방법을 터득하셨습니다. 그것은 당신의 독자적인 구도를 통하여 이루어졌습니다. 그것은 명상을 통하여, 참선을 통하여, 인식을 통하여, 각성을 통하여, 당신 자신의 독자적인 길을 걷는 가운데 이루어진 것이지 설법을 통하여 이루어진 것이 아닙니다!

세존이시여, 제 생각에는 누구도 설법을 통하여 해탈에 이를 수 없습니다! 세존이시여, 세존께서도 당신 자신의 깨달음의 순간에 일어난 일을 말로 일러주고 전달할 수 없을 것입니다! 각성자 붓다의 가르침은 많은 것을 내포하고 있어서 우리에게 악을 피하고 바르게 사는 길을 가르쳐줍니다. 하지만 그토록 분명하고 그토록 놀라운 가르침 속에 포함되어 있지 않은 것이 딱 하나 있습니다. 세존 자신이 체험하신 비밀, 몇 십만의 구도자 가운데 오로지 세존께서만 체험하신 비밀이 그 속에 들어 있지 않습니다.

제가 세존의 가르침을 들으면서 생각하고 인식한 것은 바로 그 점입니다. 그리고 제가 계속 편력의 길을 가려는 이유도 바로 그것입니다. 저는 다른 설법, 보다 훌륭한 가르침을 찾기 위해 떠나는 것이 아닙니다. 더 훌륭한 가르침은 없다는 것을 알기 때문입니다.

저는 오히려 모든 가르침과 모든 스승을 떠나기 위해, 그리하여 오로지 저 혼자 목표에 도달하기 위해, 그러지 못하면 죽으려고 떠나는 것입니다. 훗날 저는 자주 이날을 생각할 것입니다. 아, 세존이시여, 제 눈으로 성자를 본 이 순간을 생각할 것입니다." 싯다르타가 말했다.

청년의 말을 듣는 동안 붓다의 눈은 조용히 땅바닥을 향해 있었고, 헤아릴 수 없는 그의 얼굴은 완벽한 평정에 잠겨서 조용히 빛났다. 세존은 천천히 입을 열었다.

"그대의 생각에 오류가 없기를 바라오! 그대가 목적에 도달하기를 축원하오! 하지만 그대는 나의 사문들을, 나의 교의에 귀의한 수많은 나의 형제들을 보셨소? 낯선 사문이여, 그대는 이 모든 이들도 가르침을 떠나 쾌락의 생활로, 속세로 돌아가는 것이 더 좋다고 믿소?"

"전혀 그렇지 않습니다." 싯다르타가 외쳤다.

"그들 모두 가르침을 받아들여 바라는 목표에 도달하기를 바랍니다! 다른 사람의 삶에 대하여 판단하는 것은 제 일이 아닙니다. 저는 오직 저 자신에 대해서만 판단할 수 있고, 선택하고 거부할 수 있습니다. 아, 세존이시여, 우리 사문들은 자아에서의 해탈을 구도하고 있습니다. 세존이시여, 제가 만약 당신의 제자가 된다면, 저의 자아가 오로지 겉으로만, 허위로만 안식에 도달하고 구원받을까 두렵습니다. 그 자아가 그대로 살아남아 커갈 것이 두렵습니다. 그렇게 되면 저는 가르침을, 세존에 대한 모방을, 세존을 향한 사랑을, 세존의 교단을 저의 자아로 만들 테니까 말입니다!"

고타마는 웃을 듯 말 듯, 동요 없이 밝고 친절한 태도로 나그네의 눈을 들여다보더니, 거의 알아차릴 수 없을 정도의 작은 동작으로 작별의 뜻을 표했다.

"사문이여, 그대는 지혜롭소. 지혜롭게 말할 줄 아는 사람이요. 하지만 나의 친구여, 너무 지나친 지혜를 경계하기 바라오!"

붓다는 떠났다. 그의 눈빛과 미소는 영원히 싯다르타의 기억에 새겨졌다. 싯다르타는 생각했다.

'이제껏 나는 그런 시선, 그런 웃음, 그런 앉음새와 걸음걸이를 가진 사람을 본 적이 없다. 나도 그토록 자유롭고, 그토록 고귀하고, 그토록 내면을 향하고, 그토록 거침없고, 그토록 어린애 같고, 그토록 신비롭게 바라보고, 웃음 짓고, 앉고, 걸을 수 있게 되기를 바란다. 참으로 자기 자신의 내면 가장 깊은 곳까지 들어간 사람만이 그런 시선, 그런 걸음걸이를 지닐 수 있다. 그렇다, 나도 나 자신의 궁극의 심부에까지 찾아 들어가리라.'

싯다르타는 계속 생각했다.

'한 인간을 보았다. 그 앞에서 스스로 두 눈을 내리뜨지 않을 수 없는 유일한 인간을 보았다. 다른 누구 앞에서도 나는 내 눈을 내리뜨지 않으리라. 다른 어떤 사람도, 다른 어떤 가르침도 나를 유혹하지 못하리라. 유일한 인간 붓다의 가르침도 나를 유혹하지 못했으니.'

싯다르타는 또 생각했다.

'붓다는 나에게서 친구를, 나를 믿었으나 지금은 그를 믿는, 나의 그림자였으나 지금은 고타마의 그림자인 친구를 앗아갔다. 하지만 그는 나에게 싯다르타를, 나 자신을 주었다.'

각성

싯다르타는 숲을 떠났다. 완성자 붓다가 있고, 고빈다가 있는 성스러운 숲을 떠나면서, 그는 지금까지 살아온 자기의 반생을 그곳에 두고 떠나는 것 같은 느낌이 들었다. 그는 천천히 발걸음을 내디디며 깊은 생각에 잠겼다. 감정의 밑바닥으로, 원인이 숨 쉬고 있는 밑바닥으로, 깊은 물속에 잠기는 것처럼 깊이 잠겨 들어갔다.

원인을 인식하는 것이 곧 사고이고, 사고를 통해서만 감정은 인식으로 화하여 소멸되지 않을 뿐만 아니라, 본질적인 것이 되어 감정 속에 내재한 것을 발산하게 된다는 생각이 들었기 때문이다.

천천히 걸어가면서 싯다르타는 깊은 생각에 잠겼다. 그는 자기가 이제 청년에서 남자가 되었다고 확신했다. 뱀이 낡은 허물을 벗어버리고 떠나는 것처럼, 어떤 한 가지가 자기를 떠나갔다고 확신했다. 젊은 시절 내내 그를 동반했고 그에게 속해 있었던 한 가지, 스승을 갖고자 하고 가르침을 듣고자 하던 욕망이 이제 자기 안에서 사라졌다고 확신했다. 그의 앞에 나타난 최후의 스승, 가장 높고 가장 지혜로운 스승, 성자 붓다까지도 그는 떠난 것이다. 그에게서 떠날 수밖에 없었다. 그의 가르침에 귀의할 수가 없었던 것이다.

그는 더욱 천천히 걸으며 스스로에게 물었다.

'가르침에서, 스승에게서, 네가 배우고자 했던 건 무엇이냐? 너에게 그토록 많은 것을 가르쳐준 그들이 지금까지 네게 가르쳐줄 수 없었던 건 대체 무엇이냐?'

그리고 그는 스스로 대답했다.

'그것은 자아였다. 그 의미와 본질을 나는 알고자 했다. 내가 빠져나오려고 했던 것, 극복하고자 했던 것, 그것은 자아였다. 그렇지만 나는 그것을 극복할 수 없었고 다만 기만할 수 있었을 뿐이었다. 다만 그것에서 도망쳐서 그 앞에서 숨을 수 있었을 뿐이었다. 세상에서 자아만큼 나를 몰두하게 만든 것은 아무것도 없었다. 내가 살고 있다는 이 수수께끼, 내가 다른 모든 사람과 유리되어 구별되는 한 개체라는 수수께끼, 내가 싯다르타라는 수수께끼처럼 내 생각을 사로잡은 것은 없었다! 그리고 세상에서 나 싯다르타만큼 내가 알지 못한 물건도 없었다!'

그는 걸음을 멈추었다. 이 생각에 꼬리를 물고 새로운

생각이 떠올랐던 것이다.

'내가 나에 관하여 아무것도 알지 못하는 것, 싯다르타가 여전히 내게 낯설고 알 수 없는 존재인 이유는 단 하나밖에 없다. 내가 나 자신에 대해 불안을 느꼈고, 나에게서 도피했기 때문이었다! 나는 아트만을 추구했다. 나는 브라만을 추구했다. 나는 잘 알지도 못하는 자아의 내면에서 모든 층의 핵을 찾아내려고, 아트만을, 생명을, 신성을, 궁극의 것을 찾아내려고, 나의 자아를 토막 내고 그 껍질을 벗기려고 했다. 그렇지만 그 때문에 나는 나 자신을 잃어버렸다.'

싯다르타는 눈을 뜨고 주위를 둘러보았다. 얼굴 가득 웃음이 떠올랐다. 오랜 꿈속에서 깨어났다는 깊은 감회가 그의 발끝까지 흘렀다. 그는 달리기 시작했다. 급히 해야 할 일이 있는 사람처럼 그는 빨리 달렸다.

"아아!" 싯다르타는 깊이 한숨 쉬며 생각했다.

'이제 다시는 싯다르타를 놓치지 않을 거야. 이제 다시는 나의 사고와 나의 생활을 아트만과 함께 하지도, 세계의 고뇌와 함께 하지도 않을 거야. 이제 다시는 폐허 속에서 비밀을 찾겠다고 나를 죽이거나 토막 내지 않을 거야. 요가베다도 아탈바베다도, 다른 어떤 고행자도, 다른 어떤 설법도 이제부터는 나를 가르치지 못하게 할 거

야. 이제 나는 나 자신에게서 배울 거야. 나 자신의 학생이 되어 나를, 싯다르타의 비밀을 알아낼 거야.'

그는 난생 처음 보는 것처럼 주위를 둘러보았다. 세상은 아름다웠다. 세상은 다채로웠다. 세상은 진기하고 불가사의했다! 여기저기 파랑, 노랑, 초록이 흩어져 있었고, 하늘과 강이 흐르고 있었으며, 푸른 숲과 산지가 우뚝 솟아 있었다. 만물은 아름답고 불가사의하고 신비스러웠다. 그리고 각성자 싯다르타는 자기 자신을 찾으러 가는 길이었다.

이 모든 것, 노랑과 푸른 빛 그리고 강물과 숲이 처음으로 눈을 통하여 싯다르타에게 들어왔다. 그것은 이미 마라의 마술이 아니었고, 마야의 베일도 아니었다. 복합적인 것을 배척하고 단일한 것을 추구하는 브라만들이 생각하는 것처럼 경멸스러운 세계도 아니었고, 무상과 우연으로 이루어진 복합적인 현상계도 아니었다.

푸른 것은 푸른 것이었고 강물은 강물이었다. 푸른 것 속에, 강물 속에, 싯다르타 속에, 유일한 신적인 무엇이 감춰져 있다 해도, 여기 노란빛, 여기 푸른빛, 저 하늘, 저 숲, 여기 싯다르타가 존재하는 것 자체가 곧 신적인 것의 방식이고 의미였다. 의미와 본질은 사물의 뒤쪽 어디엔가 숨어있는 것이 아니라, 사물 속에, 만물 속에 존재했다. 그는 빠른 걸음으로 걸어가며 생각했다.

'나는 그동안 얼마나 멍청하고 어리석었던가! 문자를 읽어 그 의미를 알려면, 기호와 문자를 깔보지 말아야 하고, 그것이 착각이라거나 우연이라거나 가치 없는 껍질이라 이르지 말고, 그 문자 하나하나를 사랑하는 마음으로 음미하며 읽어야 한다. 그런데, 세계라는 책, 나 자신이라는 본질의 책을 읽을 때, 나는 미리 그 의미를 예상하고 기호와 문자를 경시했다. 현상계를 미망이라 하고 나의 눈과 혀를 가치 없는 우연적 현상이라고 생각했다. 하지만 그건 이제 다 지나간 일. 나는 지금 깨어났다. 진실로 나는 오늘에야 비로소 태어난 것이다.'

문득 싯다르타는 길에서 뱀이라도 만난 것처럼 멈추어 섰다. 불현듯 모든 것이 명백해졌기 때문이다.

그날 아침 각성자가 되어 붓다의 성스러운 숲을 떠나올 때만 해도 그는 진실로 각성한 자, 거듭난 자는 처음부터 다시 시작해야 한다고 생각하고 있었고, 그렇게 몇 년 동안 더 고행하고 도를 닦은 뒤에는 고향의 아버지에게로 돌아가는 것이 자연스럽고 자명한 일이라 여겼다. 하지만 지금, 마치 길가에서 뱀을 만난 것처럼 우뚝 선 이 순간 비로소 그는 이런 통찰에 이르렀다.

'나는 이미 예전의 내가 아니다. 나는 이제 고행자도

아니고 승려도 아니고 브라만도 아니다. 그런 내가 집으로 돌아가서, 아버지의 곁에서 무엇을 한단 말인가? 수업을 할까? 제사를 지낼까? 참선을 할까? 이 모든 일은 이미 지나간 일이고 나의 길에 중요한 것이 아니다.'

싯다르타는 꼼짝도 하지 않고 서 있었다. 한순간 그의 심장은 얼어붙었다. 작은 짐승처럼, 한 마리 새나 토끼처럼 완전히 혼자라는 것을 깨닫는 순간, 가슴속이 얼어붙었다. 여러 해 동안 고향을 등지고 살았어도 혼자라고 느낀 적은 없었다. 아무리 멀리 떨어져 있어도 여전히 그는 아버지의 아들이었고, 브라만이었으며, 상류 계급이었고, 지식 있는 자였다.

그런데 지금 그는 오로지 각성자 싯다르타일 뿐, 다른 아무것도 아니었다. 그는 깊이 숨을 들이마셨다. 그리고 깊이 전율했다. 지금 싯다르타처럼 완전히 혼자인 사람은 아무도 없었다. 귀족이나 직공이 아니면서 그들 틈에 끼어 사는 사람일지라도 그토록 외로울 수는 없을 것이다. 브라만이 아니면서 브라만과 더불어 사는 사람일지라도, 사문이면서 안식처를 찾지 못한 고행자일지라도 그토록 혼자일 수는 없을 것이다. 세상을 등진 숲속의 은둔자조차 그토록 혼자이고 외롭지는 않을 것이다.

어디엔가 속한 사물이 그를 에워싸고, 그 자신도 자기

에게는 고향인 어떤 신분에 속했다. 고빈다는 승려가 되었다. 그리고 몇 천의 승려가 고빈다의 형제로서 같은 옷을 입고 같은 신앙을 가지고, 같은 언어로 말했다. 하지만 그는, 싯다르타는 어디에 속한 것인가? 누구와 더불어 살 것인가? 누구의 언어로 말할 것인가?

그를 둘러싸고 있던 세계가 완전히 사라져 없어지고 오직 혼자만이 하늘에 뜬 외로운 별처럼 서 있던 그 순간, 냉혹하고 절망적인 그 순간 싯다르타는 전보다 더욱 많은 자아를 가지고 굳게 뭉쳐서 위로 솟아올랐다.

그는 이것이야말로 각성의 최후의 전율이요, 탄생의 마지막 경련이라고 느꼈다. 그는 곧 다시 발걸음을 떼어놓기 시작했다. 초조하게 서둘러 걸었다. 하지만 집으로 가는 것도, 아버지에게 가는 것도, 고향으로 가는 것도 아니었다.

강에는 오로지 현재가 있을 뿐, 과거의 그림자도,

미래의 그림자도 없다.

제2부

빌헬름 군델트
일본에 있는
나의 종형에게

카마라

싯다르타는 한 걸음씩 내디딜 때마다 새로운 것을 배웠다. 세상은 변했고 그의 마음은 마법에 걸려 있었다. 그는 태양이 숲 언덕에서 떠올라 아득히 먼 바닷가 종려나무 숲으로 떨어지는 것을 보았다. 그는 밤하늘을 아름답게 수놓은 별들과 쪽배처럼 떠 있는 초승달을 보았다. 그는 나무와 별, 짐승들, 구름과 무지개, 바위와 풀, 꽃, 시냇물과 강물, 아침 이슬에 반짝이는 풀숲, 아득히 높이 솟아 희뿌옇고 푸른 산, 지저귀는 새들과 붕붕거리는 벌들, 논 위로 불어오는 은빛 바람을 보았다.

이 모든 것은 전에도 있던 것들이었다. 해와 달은 언제나 비쳤고, 강물은 언제나 흘렀으며 벌떼는 언제나 붕붕거렸다. 하지만 지난날의 싯다르타에게는 이 모든 현상이 한낱 허망하고 기만에 싸인 베일에 지나지 않았다. 그 모든 것이 본체가 아니고, 본체는 눈에 보이는 현상의 뒤쪽에 놓여 있다고 믿었기 때문이었다.

하지만 이제 해탈한 그의 눈은 이 세상에 머물러 모든 것을 보고 인식했다. 그는 이 세상에서 고향을 찾았고, 다시는 본체를 추구하거나 저 세상을 겨누지 않았다. 무엇을 구하지 않고 단순하게 어린아이처럼 세상을 바라보면 세상은 아름다웠다. 달과 별은 아름다웠다. 시내와 강 언덕도 아름다웠고, 숲과 바위도, 산양과 곤충도, 꽃과 나비도 아름다웠다. 이렇게 어린아이처럼, 이렇게 각성되어, 이렇게 거리낌 없이, 이렇게 의심 없이 세상을 걸어간다는 것은 바람직하고 아름다운 일이었다. 머리 위의 태양도 다르게 불탔고, 숲속 그늘도 다르게 서늘했고, 시내와 연못, 호박과 바나나도 다르게 향기로웠다.

낮도 짧고 밤도 짧아, 시간이 보물과 기쁨을 가득 싣고 바다 위를 달리는 배처럼 빨리 지나갔다. 싯다르타는 무성한 숲 언덕의 높은 가지 위에서 원숭이의 무리가 희롱하는 것을 보았고, 사납고 게걸스럽게 울부짖는 소리를 들었다. 싯다르타는 수양이 암양을 따라가 교미하는 것을 보았다. 그는 또 갈대밭 연못 속에서 허기진 큰 물고기에게 쫓겨 작은 물고기 떼가 불안에 싸인 채 팔딱거리고 번득이며 도망치는 것을 보았다. 난폭하게 쫓아가는 물고기가 일으키는 급한 소용돌이에서 힘과 정열이 물씬 느껴졌다.

이 모든 것은 전에도 존재했지만 그는 그것을 보지 못했고, 전혀 참여하지 않았다. 그런데 지금 그는 그 속으로 들어가 거기에 속해 있었다. 그의 눈으로 빛과 그림자가 흘러들었고, 그의 심장으로 별과 달이 흘러들었다.

싯다르타는 걸어가면서 성스러운 숲에서 있었던 일을 생각했다. 그곳에서 들은 붓다의 설법, 성자 붓다, 고빈다와의 작별, 그리고 세존과 나눈 대화를 생각했다. 그는 그때 자기가 세존에게 했던 말을 한 마디 한 마디 돌이켜 음미해 보았다.

붓다의 보물과 비밀은 그 가르침에 있는 것이 아니라 붓다 자신이 각성의 순간에 체험했던 것이고, 그것은 말로 표현할 수도 없고, 가르쳐 전달할 수도 없는 것이라고 했던 자기의 그 말은, 그 당시 근본적으로는 자신도 알지 못했던 사실이었다는 것을 깨닫고 그는 크나큰 놀라움을 느꼈다. 그는 지금에야 비로소 그것을 체험하러 길을 떠나고 있었고, 이제야 비로소 체험하기 시작한 참이었던 것이다.

이제 그는 자기 자신을 체험하지 않을 수 없었다. 물론 그는 벌써부터 자아란 아트만이며 범과 같은 영원한 본질로 이루어졌다는 것을 알고 있었지만, 자아를 사고의 그물로 잡으려 했기 때문에 찾아낼 수 없었다.

분명히 자아는 육체가 아니었고, 따라서 감각의 유희는 아니었다. 하지만 자아는 사고도, 이성도 역시 아니었고, 결론을 내려놓고 이미 있는 생각에서 새로운 생각을 끌어내는 습득된 지혜나 습득된 기술도 아니었다.

아니, 사고의 세계 역시 여전히 이 세상이었기 때문에 우연적인 감각의 자아를 죽이고, 대신 우연적인 사고와 지식의 자아를 키우는 것으로 궁극의 목표에 이를 수는 없는 일이었다.

사고와 감각, 이 모두 아름다운 사물이었다. 그리고 이 두 사물의 뒤에 궁극의 뜻이 감추어져 있었다. 이 두 가지는 모두 들을 가치가 있었고, 둘 다 가지고 놀 가치가 있었다. 둘 다 무시할 것도 존중할 것도 없이, 그 속에 들어 있는 궁극적인 내면의 은밀한 목소리에 귀를 기울일 가치가 있었다. 그는 이 목소리가 명하는 것이 아니라면 어떠한 행위에도 뜻을 두지 않았고, 이 목소리가 명하는 곳이 아니라면 어떠한 장소에도 머물지 않았다.

왜 고타마는 일찍이, 시간 중의 시간인 그 순간, 각성에 이르게 된 그 보리수나무 밑에 앉았던가? 그는 어떤 목소리를, 그 나무 밑에서 안식을 찾으라고 명하는 자기 내면의 목소리를 들었던 것이다. 그리하여 그는 금욕도 하지 않고, 제사도 지내지 않고, 목욕재계를 하거나 기도를 드리지도 않고, 먹지도 마시지도 않고, 잠을 자거나 꿈을 꾸지도 않고 그 목소리에 복종했던 것이다.

외부의 명령에 복종하는 것이 아니라 오로지 이 목소리에 따르는 것, 그렇게 할 마음의 자세가 되어 있는 것, 그것은 훌륭한 일이었고 필요한 일이었다. 그것 말고는 아무 것도 필요하지 않았다.

밤이 되어 강가 뱃사공의 초가에서 잠이 들었을 때 싯다르타는 꿈을 꾸었다. 고빈다가 고행자의 누런 가사를 입고 그의 앞에 서 있었다. 슬픈 모습이었다.

“왜 나를 버렸어?” 그가 슬픈 목소리로 물었다.

그는 두 팔로 고빈다를 끌어안고 가슴으로 바짝 당기며 입을 맞추었다. 하지만 그는 이미 고빈다가 아니고 어떤 여자였다. 여자의 옷깃으로 풍만한 젖가슴이 드러나 젖이 샘솟았다. 싯다르타는 그 가슴에 얼굴을 묻고 젖을 빨았다. 젖에서는 진하고 달콤한 맛이 났다.

여자와 남자, 태양과 숲, 동물과 꽃, 온갖 과일, 온갖 쾌락의 맛이 났다. 그것은 그를 취하게 했고 의식을 잃게 했다.

싯다르타가 잠에서 깨어났을 때, 오두막 문틈으로 뿌연 강물이 어슴푸레 반짝였고, 숲에서 음산한 부엉이 울음소리가 깊고 우렁차게 들렸다.

날이 새자, 싯다르타는 그를 재워준 뱃사공에게 강을 건네달라고 부탁했다. 뱃사공은 그를 대나무 뗏목에 태워 강을 건네주었다. 넓은 강물이 아침 햇살을 받아 붉게 반짝였다.

"강이 참 아름답네요." 그는 뱃사공에게 말했다.

"네. 참 아름다운 강이죠. 나는 이 강을 정말 사랑합니다. 이따금 강물 소리를 들으며 강물의 눈을 들여다보지요. 그러면서 늘 강에게서 배웁니다. 우리는 강에게서 배울 것이 많아요." 뱃사공이 대답했다.

"감사합니다, 은인이여. 나는 재워주신 답례도, 강을 건네준 삯도 드릴 수가 없습니다. 나는 고향을 떠난 방랑인으로, 브라만의 아들이며 사문이라오."

싯다르타는 건너편 언덕에 내리며 말했다.

"압니다. 당신에게서 삯이나 선물을 바라지 않아요. 언젠가 갚을 때가 있을 겁니다." 뱃사공이 말했다.

"그렇게 생각하세요?" 싯다르타는 기뻐하며 말했다.

"물론이죠. 그것 역시 나는 강에게서 배웠어요. 만물은 돌고 돌거든요! 사문이여, 당신도 언젠가 돌아올 겁니다. 안녕히 가세요! 나에게 우정을 갖는 것으로 삯을 대신하세요. 신에게 제사를 지낼 때 나를 생각해주시기 바랍니다." 뱃사공이 말했다.

그들은 웃으며 작별했다. 싯다르타는 뱃사공의 친절과 우정이 기뻤다. 그는 미소 지으며 생각했다.

'그는 고빈다 같은 사람이야. 내가 가는 길에서 만나는 사람은 모두 고빈다 같아. 감사받을 권리를 가지고 있으면서도 감사하는 마음으로 가득 차 있어. 모두들 겸허하고, 기꺼이 친구가 되고, 기꺼이 복종하며, 별로 많이 생각하지 않아. 그들은 어린아이 같아.'

점심 무렵, 그는 어느 마을을 지나게 되었다. 흙벽 오두막 앞 골목에서 어린아이들이 호박씨와 조개껍질을 가지고 뒹굴고 놀며 고함을 지르고 맞붙어 싸우다가 낯선 사문을 보고는 모두 도망쳤다.

마을 끝에 이르자, 시냇가에서 젊은 아낙이 쪼그리고 앉아 빨래를 하고 있었다. 싯다르타가 인사하자 그녀는 고개를 들어 미소 지으며 싯다르타를 쳐다보았다. 그때 그는 그녀의 눈 속에서 흰자위가 번뜩이는 걸 보았다. 그는 나그네들의 관습대로 축원하며 큰 마을까지 길이 얼마나 남았는지 물었다.

그러자 그녀는 일어나서 그에게로 다가왔다. 젊은 얼굴에 촉촉한 입술이 아름답게 빛났다. 그녀는 농담처럼, 식사는 했느냐, 사문들은 밤에 혼자 숲에서 자고 여자를 가까이 하지 않는다고 하던데 사실이냐고 물었다. 그러면서 자기의 왼쪽 발을 싯다르타의 오른편 발에 올려놓고 교과서에서 나무 오르기라고 칭하는 애무의 자세를 취하며 교태를 부렸다. 싯다르타의 피가 끓어올랐다. 지난밤 꿈이 떠올라 그는 약간 몸을 굽혀 여자의 갈색 젖꼭지에 키스했다. 눈을 들어 바라보니 그녀의 얼굴은 욕정으로 가득 차 웃고 있었고 가늘게 뜬 눈에는 애원의 빛이 서려 있었다.

싯다르타 역시 갈망을 느꼈고 욕정이 용솟음치는 것을 느꼈다. 하지만 한 번도 여자를 안아본 적 없는 그의 두 손은 머뭇거렸다. 그 순간 그러면 안 된다고 말하는 내면의 목소리가 들렸다. 그는 전율했다. 젊은 여인의 웃음 띤 얼굴에서 풍기던 온갖 매력이 갑자기 사라지고 그저 발정기 암컷의 빛나는 눈초리로 보였다. 그는 다정하게 여인의 뺨을 어루만져주고 몸을 돌려, 실망한 여인을 뒤에 두고 대나무 숲속으로 사라져갔다.

그날 해지기 전에 그는 큰 마을에 도착했다. 인간에 굶주린 그는 기뻤다. 오랫동안 숲속에서 지내다가 어젯밤에 뱃사공의 초가집에서 잔 것이 오랜만에 처음으로 지붕 밑에 몸을 누인 것이었다.

마을 어귀, 아름답게 울타리를 둘러친 정원 근처에서 방랑자는 바구니를 이고 가는 노비들의 작은 행렬과 마주쳤다. 행렬 뒤로 네 사람이 메고 가는 화려한 가마 속에는 다채로운 빛깔의 천개 아래 빨간 보료를 깔고 여주인이 앉아 있었다. 싯다르타는 정원 입구에 서서 행렬을 바라보았다. 하인과 하녀들, 바구니와 가마, 그리고 가마 속에 탄 귀부인을 보았다.

높게 빗어 올린 검은 머리카락 밑으로 더없이 맑고 부드럽고 지혜로운 얼굴이 보였다. 방금 나무에서 딴 신선한 무화과처럼 빨간 입술, 초승달처럼 둥글게 다듬어 그린 눈썹, 지혜롭고 주의 깊은 검은 눈, 초록과 금빛이 어우러진 저고리 위로 솟아오른 맑고 긴 목, 손목에 넓은 황금 팔찌를 두른 가늘고 길고 평온한 두 손을 보았다.

더없이 아름다운 여인의 모습을 보고 싯다르타의 심장은 웃었다. 가마가 가까이 다가왔을 때 그는 깊숙이 허리 굽혀 인사했다. 그리고 몸을 일으키며 맑고 사랑스러운 여자의 얼굴을 다시 들여다보았다. 그 순간 그는 여인의 지혜롭고 둥근 눈동자 속을 읽었고 지금껏 알지 못하던 향기를 맡았다.

아름다운 여인은 미소를 지으며 가볍게 고개 숙여 인사하고 정원 속으로 사라졌다. 여인의 뒤를 따라 하인들도 사라졌다.

'나는 길조와 함께 이 마을에 발을 디뎠구나.'

싯다르타는 생각했다. 그는 당장 정원으로 들어가고 싶었지만 망설였다. 문 앞에서 하인과 하녀들이 경멸하고 의심하고 배척하던 태도가 생각났던 것이다.

'아직도 나는 일개 사문일 뿐이야. 그들 눈에 나는 그저 고행자, 걸인에 지나지 않으니 나는 여기 머물 수도 없고 정원 안으로 들어갈 수도 없어.'

싯다르타는 생각했다. 그리고 웃었다. 그는 길에서 만난 첫 번째 사람에게 정원에 대해서 그리고 부인의 이름이 뭔지 물었다. 그리하여 그는 그 정원이 유명한 기생 카마라의 별장이며, 그녀는 이 정원 말고도 시내에 집을 한 채 가지고 있다는 사실을 알아냈다.

그는 시내로 들어갔다. 이제 하나의 목표를 갖게 된 그는 그 목표를 추적하면서 시내로 빨려 들어가 골목의 인파 속으로 휩쓸렸고, 광장에 묵묵히 서 있다가 강 언덕 돌층계에서 쉬었다.

해질 녘이 되어서 그는 어느 이발사 조수와 친구가 되었다. 그는 이 조수가 어떤 아치형 건물의 그늘에서 일하는 것을 보았는데 비슈누를 모시는 사원에서 그가 기도하는 모습을 다시 본 것이다. 그는 그 조수에게 비슈누와 락슈미의 내력에 관해 이야기해주었다.

싯다르타는 그날 밤을 강가 보트에서 지내고 이튿날 아침 일찍 손님이 오기 전에 이발사 조수에게 가서 수염을 깎고 머리를 자른 다음 빗질하고 고급 향수를 발라 달라고 했다. 그러고는 강에 가서 깨끗이 몸을 씻었다.

늦은 오후, 아름다운 카마라가 가마를 타고 그녀의 별장에 이르렀을 때 싯다르타는 별장 입구에 서서 허리 굽혀 절하고는 카마라의 응답을 받았다. 그는 맨 뒤에서 따라가던 하인을 눈짓으로 불러 젊은 브라만이 여주인에게 면회를 간청한다고 전해 달라고 부탁했다. 잠시 후 하인은 싯다르타에게 돌아와 자기를 따라오라 이르더니 묵묵히 정자로 안내했다.

카마라는 그곳 침상에 누워 있었다. 카마라는 하인을 보내고 싯다르타만 곁에 남게 했다.

"어제도 밖에 서서 저에게 인사하지 않았던가요?" 카마라가 물었다.

"그렇소. 나는 어제도 당신에게 인사했소."

"하지만 어제 당신은 수염이 길었고 긴 머리는 먼지투성이였는데요?"

"맞소. 아주 잘 보았소. 어제는 사문이 되려고 고향을 떠나 3년 동안이나 사문 노릇을 했던 브라만의 아들 싯다르타를 본 것이오. 하지만 이제 나는 그 길을 버리고 도시로 왔소. 그리고 미처 이 도시에 들어서기도 전에 처음 만난 사람이 당신이었소. 이 말을 하기 위해서 나는 당신에게 온 것이오. 아, 카마라! 당신은 이 싯다르타가 눈을 내리뜨고 말을 건넨 최초의 여인이오. 아무리 아름다운 여인을 만난다 해도, 내 다시는 눈을 내리뜨지 않을 것이오."

카마라는 웃으면서 공작 깃털 부채로 부채질을 했다.

"싯다르타께서는 단지 그 말씀을 하려고 제게 오신 건가요?" 카마라가 물었다.

"그렇소. 그 말을 하려고 왔소. 그리고 당신이 그토록 아름다운 여인이라는 것에 감사하려고 왔소. 불쾌하지 않다면 카마라, 나는 당신에게 나의 친구이자 스승이 되어주기를 간청하오. 당신이 대가로 군림하고 있는 그 기술에 관해서 나는 완전히 문외한이기 때문이오." 싯다르타가 말했다.

그러자 카마라는 소리 내어 웃었다.

"이런 일은 정말 처음인걸요. 사문이 숲을 나와 저에게 배우겠다고 하다니요! 긴머리의 사문이 남루한 옷을 걸치고 저를 찾아오는 일은 정말 한 번도 없었어요! 많은 청년들이 저를 찾아 옵니다. 물론 브라만의 아들도 있습니다. 하지만 그들은 모두 훌륭한 옷을 입고 고급 신발을 신고 옵니다. 머리에는 향수를 뿌리고 지갑에 돈을 잔뜩 채워 가지고 말이죠. 사문이시여, 저에게 오는 젊은이들은 이렇답니다." 카마라가 말했다.

"나는 벌써 당신한테서 배우기 시작했소. 사실은 어제부터 배웠소. 수염을 깎았고 머리를 빗어 기름을 발랐소. 아직 나에게 부족한 것이 있다면 좋은 의복과 좋은 신, 주머니에 든 돈이오. 뛰어난 스승이여, 싯다르타는 이러한 사소한 일보다 훨씬 힘든 일을 시도했고, 성공시켰소. 그러니 내가 어제 계획한 일이 어찌 이루어지지 않겠소! 당신의 친구가 되어 당신에게서 사랑의 기쁨을 배우고자 하는 계획 말이오! 당신은 내가 굉장히 빨리 배우는 사람이라는 것을 알게 될 거요, 카마라. 당신이 내게 가르쳐줄 것보다 훨씬 힘든 일을 나는 이제껏 배우면서 살았소. 그런데 머리에 기름은 발랐지만 옷이 없고 신이 없고 돈이 없는 싯다르타가, 있는 그대로의 싯다르타가 당신에게는전혀 흡족하지 않단 말이오?" 싯다르타가 말했다.

"네, 부족합니다. 좋은 옷을 입어야 하고 좋은 신을 신어야 합니다. 그리고 카마라에게 줄 많은 돈과 선물이 있어야 합니다. 아시겠어요? 숲에서 온 사문이시여, 이제 깨달으셨나요?" 카마라는 웃으면서 외쳤다.

"잘 알겠소. 그토록 아름다운 입에서 흘러나오는 말을 어찌 못 알아듣겠소! 그대의 입은 무르익은 신선한 무화과 열매 같소. 카마라, 당신도 알게 되겠지만 나의 입도 붉고 신선하여 당신의 입에 맞을 것이오. 하지만 아름다운 카마라, 당신은 사랑을 배우려고 숲에서 온 이 사문에 대해 아무런 공포도 느끼지 않소?" 싯다르트타가 말했다.

"자칼이 사는 숲에서 나와서 여자에 대해서는 전혀 모르는 어리석은 사문에 대해 제가 무슨 공포를 느껴야 하나요?"

"그는, 그 사문은 건장하고, 게다가 그는 아무것도 무서워하지 않소. 그는 당신을 무리하게 괴롭힐지도 모르오. 아름다운 아가씨, 당신을 욕되게 할지도 모르고, 당신을 슬프게 할지도 모르오."

"아닙니다, 사문이시여. 나는 그런 것을 두려워하지 않아요. 사문이나 브라만들이, 자기의 학식과 신앙과 통찰력을 빼앗길까 두려워하나요? 그런 것들은 오직 자기에게만 속해 있는 것이어서, 자기가 주고 싶은 것만 주고 싶은 사람에게 줄 수 있는 거잖아요. 카마라도, 사랑의 환희도 마찬가지입니다. 카마라의 입은 붉고 아름답습니다. 하지만 카마라의 의사에 반하여 입을 맞춘다면,

그토록 감미로운 그 입술에서 한 방울의 단맛도 얻지 못할 것입니다! 싯다르타, 당신은 쉽게 배우는 분입니다. 그러니 이것 또한 알아두세요. 사랑은 애걸하여 얻을 수도 있고 살 수도 있고 선물로 받을 수도 있고 골목에서 찾을 수도 있지만 억지로 빼앗아 가질 수는 없다는 사실 말입니다. 당신은 잘못된 생각을 하신 거예요. 아니, 당신처럼 멋진 청년이 그렇게 함부로 덤벼든다면 참으로 유감스러운 일일 것입니다."

"정말 유감스러운 일일 거요, 카마라. 당신의 말이 옳소. 그것은 정말 유감스러운 일일 게요. 당신의 입에서 내게로 한 방울의 단맛도 흐르지 않을 것이고, 나의 입에서 당신의 입술로도 역시 그렇겠지! 그럼 이렇게 하겠소. 싯다르타는 지금 가지고 있지 못한 옷과 신, 돈을 갖게 되면 다시 오겠소. 하지만 사랑하는 카마라, 당신이 나한테 조금만 조언을 해줄 수 있겠소?" 싯다르타는 미소 지으며 살짝 고개를 숙였다.

"조언이라고요? 왜 없겠어요? 자칼의 무리를 떠나 숲에서 온 가난하고 무지한 사문에게 누군들 조언하기를 마다하겠어요?" 카마라가 말했다.

"사랑하는 카마라, 그럼 말해줘요. 이 세 가지 물건을 가장 빨리 얻으려면 어디로 가야 하오?"

"친구여, 많은 사람들이 그것을 알고 싶어 합니다. 당신은 지금까지 당신이 배운 일을 해야 해요. 그리고 그 일의 보상으로 돈과 옷과 신을 얻게 되는 것이지요. 가난한 사람이 돈을 갖는 방법은 그것밖에 없습니다. 당신은 무엇을 할 줄 아시나요?"

"나는 사고할 수 있소. 나는 기다릴 수 있소. 나는 금식할 수 있소."

"그 밖에는 또 무엇을?"

"없소. 하지만 나는 시를 지을 수 있소. 나의 시 한 수에 한 번의 입맞춤을 허락해주겠소?"

"시가 마음에 들면 그러죠. 어떤 시인데요?"

싯다르타는 잠시 생각하더니 시를 읊었다.

수풀 우거진 정원으로 들어서는 아름다운 카마라,
정원 입구에 선 그을린 피부의 사문,
연꽃을 보듯 깊이 몸 굽혀 절하니,
카마라 미소로 답하네.
청년은 생각했네.
신을 섬기는 일보다 한결 아름다운 건
아름다운 카마라를 섬기는 일.

카마라는 손뼉을 쳤다. 황금팔찌가 쨍그랑거렸다.

"정말 아름다운 시예요, 그을린 피부의 사문이여. 그 시에 대한 보답으로 제 입술을 드려도 정말 조금도 아깝지 않아요."

여인은 눈짓으로 싯다르타를 불렀다. 그는 고개를 숙여 여인의 얼굴에 얼굴을 대고, 갓 무르익은 신선한 무화과 열매 같은 여인의 입술에 입술을 댔다.

카마라는 오랫동안 키스했다. 싯다르타는 깊은 경이를 느꼈다. 그녀는 너무나도 훌륭한 스승이었고 너무나도 현명한 여인이었다.

그녀는 그를 지배하여 물리치기도 하고 유혹하기도 했다. 게다가 첫 키스에 이어, 잘 정돈되고 숙련된 일련의 키스들이, 서로 다른 방식으로 싯다르타를 기다리고 있었다.

그는 깊이 한숨을 내쉬며 꼼짝 않고 서 있었다. 그리고 그 순간, 알고 배울 가치가 있는 그 무엇이 충만하게 눈앞에 펼쳐져 있는 것을 보고 어린아이처럼 놀랐다.

"당신의 시는 정말 아름다워요. 제가 부자였다면 그 대가로 금화를 드렸을 거예요. 하지만 시만으로 많은 돈을 벌기는 어려울 거예요. 카마라의 친구가 되려면 무척 많은 돈이 필요할 테니까요." 카마라가 말했다.

"카마라, 그대는 어떻게 그렇게 키스를 잘 하오?"

싯다르타가 더듬거리며 말했다.

"맞아요. 저는 그 방법을 잘 압니다. 그래서 제게 옷이며 신발이며, 팔찌, 온갖 아름다운 물건이 부족하지 않은 거죠. 그런데 당신은 무엇을 할 줄 아시나요? 사고와 단식, 시를 짓는 것 말고는 할 줄 아는 게 없으신가요?"

"나는 제사를 바치는 노래를 부를 줄 아오. 하지만 이제 다시는 부르지 않을 거요. 나는 주문을 외울 줄 아오. 하지만 이제 다시는 그것을 외우지 않을 거요. 나는 문자를 읽을 줄 아오……"

"잠깐만. 글을 읽을 줄 아신다고요? 그럼 쓸 줄도 아세요?" 카마라가 그의 말을 가로막았다.

"물론, 당연히 난 글을 쓸 줄 압니다. 많은 사람들이 글을 쓸 줄 알잖소."

"대부분의 사람은 글을 쓸 줄 모릅니다. 저도 그렇고요. 읽고 쓸 줄 안다는 것은 좋은 일입니다. 굉장히 좋은 일입니다. 주문 역시 앞으로 쓸 수 있을지도 모르고요."

그때 하녀가 달려와 여주인에게 귓속말을 했다.

"손님이 왔대요. 자리를 피해주세요, 싯다르타. 아무도 여기서 당신을 보면 안 돼요. 조심하시고, 내일 다시 뵈요." 카마라가 말했다.

카마라는 하녀에게, 이 경건한 브라만에게 흰색 윗도리를 드리라고 명했다. 영문도 모르고 싯다르타는 하녀에게 끌려 정원을 빙 돌아 어느 정자에서 윗도리를 받고, 숲으로 가는 길을 안내 받아 곧바로 아무 눈에도 띄지 않게 정원 밖으로 사라지라는 간절한 경고를 들었다.

기꺼이 그는 조용히 울타리를 넘어 익숙한 숲속으로 사라졌다. 둘둘 만 옷 보따리를 팔에 낀 채 시내로 돌아온 그는 어느 여인숙 앞에 서서 묵묵히 먹을 것을 청했고 묵묵히 떡 한 덩이를 받았다. 아마 내일부터 다시는 누구에게도 먹을 것을 빌지 않으리라고 그는 생각했다.

문득 그의 마음속에서 긍지가 불타올랐다. 그는 이미 사문이 아니었다. 구걸하는 것은 그에게 어울리지 않는 일이었다. 그는 떡을 개한테 던져주고 먹지 않았다.

'속세에서 살아가는 건 간단한 일이야. 속세의 삶에는 아무 어려움이 없어. 사문이었을 때는 모든 일이 힘들고 어렵고 궁극적으로 희망이 없었지. 그런데 지금은 모든 것이 쉬워. 카마라가 가르쳐준 입맞춤의 수업처럼 아주 쉬워. 나는 옷과 돈이 필요할 뿐, 다른 건 아무것도 필요하지 않아. 그렇게 작고 가까운 목표는 잠을 앗아갈 정도의 것은 아니지.' 싯다르타는 생각했다.

한참 걸려서 시내에 있는 카마라의 집을 찾아낸 그는 다음날 그 집에 갔다. 카마라는 그를 맞으며 말했다.

"마침 잘 오셨어요. 카마스바미가 기다리고 있어요. 이 도시 최고의 부자 상인인데, 당신이 마음에 들면 채용할 거예요. 잘해보세요, 그을린 피부의 사문이여. 제가 다른 사람을 시켜 그에게 당신 얘기를 하게 했어요. 그에게 친절하게 대하세요. 그는 굉장히 세도 있는 사람이거든요. 그렇다고 지나치게 겸손하지도 마세요. 당신이 그의 하인이 되는 것은 원치 않아요. 당신은 그와 대등한 위치에 있어야 해요. 아니면 전 당신에게 만족할 수 없으니까요. 카마스바미는 이제 늙고 게을러져서 당신이 마음에 들면 당신에게 많은 일을 맡길 거예요."

싯다르타는 그녀에게 감사하며 웃었다. 그녀는 싯다르타가 어제도 오늘도 아무것도 먹지 않았다는 사실을 알고 빵과 과일을 대접했다.

"당신은 운이 좋아요. 당신을 위해 문이 차례로 열리는군요. 어찌 된 일일까요? 혹시 마력을 갖고 계시나요?" 그녀가 작별하면서 말했다.

"어제 당신에게 나는 사고할 줄 알고, 기다릴 줄 알며, 금식할 줄 안다고 말했소. 그때 당신은 그것이 아무 소용없는 것이라고 여겼지만 그것은 여러 면에서 필요하오,

카마라. 그 점을 당신도 알게 될 거요. 숲속의 어리석은 사문들도 당신네들이 못하는 훌륭한 일을 아주 많이 배우고 행할 수 있다는 것을 당신도 알게 될 거요. 그저께만 해도 나는 헝클어진 머리의 구걸하는 사문이었소. 그런데 어제 벌써 카마라와 키스했소. 그리고 이제 곧 장사꾼이 되어 당신이 가치 있다고 여기는 돈과 모든 물건을 가질 것이오." 싯다르타가 말했다.

"맞아요. 하지만 제가 없었다면 어떻게 되셨을까요? 카마라가 돕지 않았다면?" 카마라가 말했다.

"사랑하는 카마라. 내가 당신을 찾아 당신의 정원 안으로 들어섰을 때, 이미 나는 첫발을 내디딘 것이었소. 나는 더없이 아름다운 이 여인에게서 사랑을 배우겠다고 마음먹었고, 그렇게 마음먹는 순간 나는 그것이 실현될 것임을 알았소. 정원 입구에서 당신을 처음 보던 그 순간에 당신이 나를 도울 것을 이미 알았던 거요."

싯다르타는 말하며 몸을 일으켰다.

"만일 제가 원하지 않았다면요?"

"당신은 그것을 원했소. 봐요, 카마라. 물속에 돌을 던졌다고 합시다. 그러면 그 돌은 가장 빠른 길로 서둘러 물 밑바닥에 가라앉을 거요. 싯다르타가 어떤 것을 마음먹을 때도 똑같아요. 싯다르타는 아무런 행동도 하지 않고, 그저 기다리고 사고하며 금식할 뿐이지만, 물을 꿰뚫는 돌멩이처럼 세계의 사물을 꿰뚫고 지나가지요. 그는 끌리는 대로 그곳에 몸을 맡기지요, 그의 목표가 끌어당기는 대로. 왜냐하면 그는 목표에 거스르는 어떤 것도 영혼 속에 받아들이지 않기 때문이라오. 싯다르타가 사문에게서 배운 것은 바로 그거요. 어리석은 자들은 마술이라고 부르며 귀신의 작용이라고 믿는, 바로 그거요. 귀신의 작용으로 이루어지는 일은 세상에 아무것도 없소. 귀신이란 존재하지 않소. 누구나 마술을 할 수 있고, 누구나 목표에 이를 수 있소. 사고할 수 있고, 기다릴 수 있으며, 금식할 수 있다면 말이오."

카마라는 그의 말에 귀를 기울였다. 그녀는 그의 목소리를 사랑했고, 그의 눈빛을 사랑했다.

"그럴지도 모르죠. 하지만 싯다르타가 미남이라서, 그의 눈빛이 여자의 마음을 끌어서, 행복이 그를 향해 마주 다가오는 건지도 몰라요." 카마라가 말했다.

그녀에게 입 맞추며 싯다르타는 작별을 고했다.

"그렇다면 좋겠소, 스승이여. 나의 눈빛이 늘 그대의 마음에 들기를! 그대에게서 오는 행복이 늘 나를 맞아주기를!"

소인들 곁에서

싯다르타는 카마스바미의 호화로운 저택을 찾아갔다. 하인이 값비싼 융단 위를 지나 어느 방 안으로 그를 안내했다. 그는 그곳에서 집 주인을 기다렸다.

카마스바미가 들어섰다. 민첩하고 싹싹하고, 지혜롭고 조심성 있는 눈에 탐욕스러운 입을 가진 백발성성한 남자였다. 주인과 손님은 정답게 인사를 나누었다.

"당신은 브라만이며 학식이 많다고 들었습니다. 그런데 장사꾼 곁에서 일하고 싶으시다고요. 브라만이여, 혹시 곤궁에 빠지셨습니까?" 상인이 물었다.

"아닙니다. 저는 곤궁에 빠져 있지 않습니다. 이제껏 곤궁에 빠진 적도 없습니다. 제가 사문 생활을 오래했다는 것을 알아주십시오." 싯다르타는 대답했다.

"사문이셨다면 어찌 곤궁하지 않을 수 있습니까? 사문들은 가진 것이라고는 하나도 없는 사람들 아닌가요?" 상인이 말했다.

"나는 가진 것이라고는 없습니다. 당신이 생각하는 그런 재산은 전혀 없습니다. 하지만 그것은 스스로 원해서 그런 것이니까 곤궁에 빠져 있는 것과는 다릅니다." 싯다르타는 대답했다.

"한 푼도 없이 앞으로 어떻게 살아갈 작정이십니까?"

"그 점에 대해서는 생각해본 적이 없습니다, 주인이여. 3년이 넘도록 무일푼으로 지냈지만 어떻게 살아갈지 생각해본 적은 한 번도 없습니다."

"그렇다면 당신은 다른 사람의 재산으로 살아오신 겁니다."

"그럴지도 모릅니다. 장사하는 당신도 역시 다른 사람의 재산으로 살고 있을 것입니다."

"잘 말씀하셨습니다. 그렇지만 저는 다른 사람의 것을 공짜로 취하지 않고, 대신 상품을 제공합니다."

"사실 모두가 그러한 관계에 있습니다. 누구나가 주고받죠. 그것이 곧 삶이고요."

"주고받는다고요? 이런 말씀 드리는 걸 용서하세요. 하지만 가진 게 없는 분이 무엇을 줄 수 있습니까?"

"누구나 자기가 가진 것을 줍니다. 무사는 힘을, 상인은 상품을, 스승은 가르침을, 농부는 곡식을, 어부는 물고기를 줍니다."

"훌륭한 말씀입니다. 그렇다면 당신은 무엇을 주실 수 있습니까? 당신이 배우신 것, 당신이 할 수 있는 것은 무엇입니까?"

"저는 생각할 수 있고, 기다릴 수 있고, 단식할 수 있습니다."

"그것이 다인가요?"

"그렇다고 생각합니다."

"그것이 어디에 필요합니까? 예를 들어 단식 같은 것을 어디에 씁니까?"

"주인이여, 단식은 대단히 좋은 것입니다. 가령 어떤 사람이 먹을 것이 아무 것도 없다면, 그가 취할 수 있는 가장 현명한 방도는 단식입니다. 예를 들어 싯다르타가 단식하는 법을 배우지 않았다면, 그는 당장 무슨 일이라도 하려고 들 것입니다. 당신에게서든지, 다른 어디에서든지 말입니다. 배고픔이 그렇게 하라고 강요할 테니까요. 하지만 싯다르타는 조용히 기다릴 수 있습니다. 그는 초조함을 모릅니다. 그는 절박함을 모릅니다. 그는 오랫동안 배고픔에 빠져 있을지라도 웃을 수 있습니다. 주인이시여, 그런 점에서 단식은 좋은 것입니다."

"당신의 말이 옳습니다, 사문이여. 잠깐만 기다려주십시오."

카마스바미는 밖으로 나가더니 두루마리를 하나 들고 와 손님에게 내밀며 물었다.

"이것을 읽을 줄 아십니까?"

싯다르타는 두루마리를 훑어보았다. 그것은 매매 계약서였다. 싯다르타는 그 내용을 읽기 시작했다.

"훌륭하시군요. 그럼 이 종이 위에 무엇이든 좀 써주시겠습니까?"

그는 싯다르타에게 종이와 붓을 내주었다. 싯다르타는 그 종이 위에 글을 써서 돌려주었다.

쓰는 것은 좋다. 생각하는 것은 더욱 좋다.

지혜로운 것은 좋다. 참는 것은 더욱 좋다.

카마스바미는 받아 읽고 칭찬하며 말했다.

"글 솜씨가 훌륭하시군요. 아직 나눌 이야기가 많으니 오늘은 우선 제 손님으로 머물러주시기 바랍니다."

싯다르타는 감사히 받아들였고, 그 상인의 집에서 살게 되었다. 그는 상인에게서 신발을 선물 받았다. 하인이 매일 목욕 시중을 들어주었고, 하루에 두 번씩 성찬을 날라다 주었다. 하지만 싯다르타는 하루에 한 끼만 먹었고 고기도 술도 먹지 않았다.

카마스바미는 그에게 장사에 관하여 이야기했다. 상품 창고를 보여주고 장부를 보여주었다. 싯다르타는 많은 것을 배워 알게 되었다. 그는 주로 듣기만 할 뿐 별로 말이 없었다. 그리고 카마라의 말을 상기하며 절대로 상인의 아래에 서지 않고, 상인으로 하여금 동등하게, 아니 그 이상으로 대우하도록 만들었다. 카마스바미는 면밀하게, 그리고 때로는 정열적으로 일했다. 하지만 싯다르타에게는 이 모든 것이 한낱 놀이였다. 규칙을 엄밀히 배우려고는 하지만, 그 내용에 대해서는 아무런 감동도 받지 못하는 그런 놀이였다.

카마스바미의 집에 머문 지 얼마 되지 않아서, 그는 이미 주인의 장사에 참여하여 한 몫 하게 되었다. 그는 매일 카마라가 일러준 시간에 좋은 옷을 입고 고급 신을 신고, 아름다운 카마라를 찾아갔다. 그리고 곧 그녀에게 선물까지 가져가게 되었다. 그녀의 지혜로운 빨간 입술은 그에게 많은 것을 가르쳐주었다. 부드럽고 나긋나긋한 그녀의 손도 그에게 많은 것을 가르쳐주었다.

사랑에서는 아직도 어린아이 같아서, 바닥없는 심연으로 뛰어들 것처럼 맹목적으로, 지치지 않고 쾌락 속으로 굴러 떨어지려는 그에게 카마라는 기초부터 가르쳐주었다. 쾌락을 주지 않고는 쾌락을 취할 수 없다는 것,

모든 몸짓, 모든 애무, 모든 접촉, 모든 시선, 육체의 모든 섬세한 부분까지도 깨닫는 자에게 행복을 일깨워주도록 마련된 비밀을 지니고 있다는 것을 가르쳤다.

그녀는 사랑하는 사람들이 사랑의 향연을 즐기기 위해서는 서로가 상대를 감탄하는 마음이어야 하고, 상대를 정복하는 동시에 정복당해야 하며, 그래야만 둘 중 어느 누구에게도 혐오감과 허탈감이 일어나지 않고 강간을 했다거나 강간을 당했다는 불쾌감이 일어나지 않게 된다는 것을 가르쳤다.

그는 지혜롭고 아름다운 여류 예술가 곁에서 황홀한 시간을 보내며, 그녀의 제자이자 애인이자 친구가 되었다. 지금의 그가 느끼는 생의 의의와 가치는 바로 이곳 카마라에게 있었지, 카마스바미의 장사에 있지 않았다.

상인은 중요한 편지와 계약 서류를 작성하는 일을 그에게 맡겼고 모든 중요한 사무를 그와 의논했다. 상인은, 싯다르타가 쌀과 양털, 항해와 장사에 대해서는 전혀 아는 것이 없지만 그의 손은 행운의 손이라는 것을 금방 알게 되었던 것이다. 또한 침착하고 초연한 마음가짐, 상대의 말에 귀 기울이고 꿰뚫어보는 기술에서 자기를 훨씬 넘어선다는 것도 알게 되었다. 어느 날 그는 친구에게 싯다르타 얘기를 했다.

"이 브라만은 진정한 상인은 아니고 앞으로도 상인이 될 수는 없을 겁니다. 하지만 그는 성공이 저절로 찾아드는 비법을 가진 사람입니다. 그것이 타고난 행운의 별이든, 마술이든, 사문의 곁에서 배운 무엇이든 간에 말이지요. 그는 언제나, 장사를 가지고 노는 것처럼 보일 뿐 절대로 장사에 몰입하거나 지배받지 않아요. 실패를 겁내지도 않고 손해를 개의치도 않고요."

그러자 상인의 친구는 그에게 이렇게 충고했다.

"이윤의 삼분의 일을 그에게 배분하고 손해에 대해서는 똑같은 몫을 부담하도록 해보세요. 그러면 그 사람도 더 열심히 하게 될 겁니다."

카마스바미는 그 충고를 따랐다. 하지만 싯다르타는 별로 개의치 않았다. 이익이 나면 무심하게 취했고, 손해가 생기면 웃으면서 말했다.

"아하, 이번엔 실패로군!"

진실로 싯다르타는 장사 일에는 무관심한 것 같았다. 한번은 쌀을 대량으로 사들이기 위해 시골로 여행을 간 적이 있었다. 하지만 그가 도착했을 때 쌀은 이미 다른 상인에게 넘어간 뒤였다. 그런데도 싯다르타는 그곳에 여러 날 묵으면서 농부들을 대접하고 아이들에게 동전을 주고 혼례식에도 참석하고 아주 기분 좋게 돌아왔다.

카마스바미는 즉시 돌아오지 않고 시간과 돈을 낭비했다고 그를 나무랐다. 싯다르타가 대답했다.

"꾸지람을 거두세요, 사랑하는 친구여! 꾸지람으로 되는 일은 아무것도 없답니다. 손해를 보셨다면, 그 손해를 나한테 부담시키세요. 나는 이번 여행이 아주 즐거웠어요. 많은 사람들을 알게 되었고, 브라만과 친구가 되었고, 어린아이들이 내 무릎 위에서 놀았고, 농부들은 자기의 논밭을 구경시켜주었어요. 아무도 나를 장사꾼으로 대하지 않았다오."

"그것 참 잘됐군요. 하지만 당신은 엄연한 상인이란 걸 기억해요! 즐기려고 여행을 간 건 아니잖소?"

카마스바미가 불쾌해 하자 싯다르타는 웃었다.

"그럼요, 분명히 나는 즐기려고 여행을 간 겁니다. 아니면 대체 무엇 때문에 여행을 한단 말이오? 나는 이번 여행에서 사람들과 그 지방에 대해 알게 되었고, 친절과 신뢰를 누렸고, 우정을 발견했어요.

친구여. 내가 만약 물건을 사들이는 일이 틀어져버린 것을 알고 화가 치밀어 당장 돌아왔다면 그야말로 돈과 시간만 낭비한 셈이 되는 거죠. 하지만 나는 그곳에서 보람 있는 날들을 보냈소. 배우고 유쾌하게 지내면서, 화를 내거나 조급하게 구는 일로 나 스스로나 남의 기분을 해치지 않고 말이오. 그래서 언제라도 내가 다시 그곳에 가게 된다면, 혹시 다음 수확기에 벼를 사러 간다든가 또는 무슨 다른 목적으로 가게 된다면, 친분 있는 사람들이 친절하고 유쾌하게 나를 반겨줄 것이고, 지난번에 조급하고 불쾌한 내색을 하지 않았던 것에 대해 나 스스로 흡족한 마음이 될 것이오.

그러니 친구여, 편안한 마음을 가져요. 꾸짖는 일로 스스로의 기분을 상하게 하지 말아요! 언제라도 싯다르타가 손해를 가져오는 자라고 여겨진다면 한마디만 하세요. 그러면 싯다르타는 자기의 길을 떠날 것이오. 하지만 그날까지는 서로 즐거운 마음을 가집시다."

상인은 싯다르타가 카마스바미의 빵을 먹고 산다는 것을 납득시키려 해보았지만 소용없었다. 싯다르타는 자신의 빵을 먹는 것이었다. 아니, 둘 다 서로의 빵, 모든 사람의 빵을 먹고 사는 것이었다.

싯다르타는 카마스바미의 걱정에 대해 아랑곳하지 않았다. 하지만 카마스바미는 걱정이 많았다. 실패할 위험이 있는 상거래가 진행될 때, 발송한 상품을 잃어버린 것 같을 때, 채무자에게 빚을 받을 수 없을 것 같을 때, 카마스바미는 걱정하고 분통을 터뜨리며, 이마에 주름살을 긋고 잠을 이루지 못했다.

하지만 그의 동업자에게 그럴 필요가 있다는 것을 도저히 납득시킬 수는 없었다. 언젠가 카마스바미가 싯다르타에게 '당신이 아는 모든 것은 나한테서 배운 것'이라고 훈계하자, 싯다르타는 이렇게 대답했다.

"그런 농담으로 나를 조롱하지 마시오! 당신한테서 나는 생선 한 바구니가 얼마라든가 빌려준 돈에 대해 얼마만큼의 이자를 받을 수 있는가 하는 것을 배웠소. 그것이 당신의 학문이오. 하지만 생각하는 것을 나는 당신 곁에서 배우지 못했소. 존경하는 카마스바미여, 당신이야말로 나한테서 생각하는 것을 배우도록 해보시오."

사실 그의 정신은 장사에 있지 않았다. 카마라를 위한 돈을 벌기에 좋은 수단일 뿐이었다. 그것은 싯다르타가 필요로 하는 것보다 훨씬 많은 돈을 벌게 해주었다. 그렇다고 해도 싯다르타의 관심과 흥미는 오직 사람들한테 있었다. 그들의 거래, 수공, 걱정, 쾌락, 어리석음은 과거의 싯다르타에게는 달나라처럼 까마득한 것이었다. 그들 모두와 더불어 이야기하고, 더불어 살며, 그들 모두에게서 배우는 일이 싯다르타에게는 아주 쉬웠다. 그런데도 그는 자기를 그들에게서 유리시키는 무엇이 있다는 것, 그것은 그가 지닌 사문 정신이라는 것을 깊이 느꼈다.

그는 어린아이 같은, 또는 동물 같은 방식으로 살아가는 인간들을 보면서 그들의 방식을 사랑하며 동시에 경멸했다. 그는 아무 가치도 없는 물건을 위해, 돈을 위해, 하찮은 쾌락을 위해, 하잘것없는 명예를 위해 애쓰고 괴로워하며 백발이 되어가는 인간들을 보았다. 그는 그들이 서로 헐뜯고 욕하는 모습을 보았고, 사문이라면 웃고 말 조그만 고통에도 울부짖고, 사문이라면 느끼지도 못할 궁핍에 괴로워하는 모습을 보았다.

그는 그런 인간들을 허물없이 대했다. 아마를 팔러 오는 상인들을 환영했고, 돈을 꾸러 오는 채무자를 환영했고, 한 시간이나 장황하게 자기의 가난한 사정을 말했지만 사실은 사문들의 절반만큼도 가난하지 않은 걸인을 환영했다. 외국에서 온 부자 상인도, 자기 수염을 깎아주는 하인도 동전 몇 푼 때문에 바나나를 팔면서 속임수를 쓰는 행상도 모두 똑같이 대했다.

카마스바미가 걱정거리를 하소연하거나 또는 장사 일로 비난하려고 찾아올 때도, 그는 호기심을 가지고 기꺼이 귀 기울였다. 그를 이해하려고 애썼고, 불가피하다고 보이는 한에서는 어느 정도 그의 타당성을 인정해주었다. 그러고는 곧 그를 떠나 자기를 찾아온 다음 사람에게로 방향을 돌렸다.

그에게는 많은 사람이 찾아왔다. 상담하려는 사람, 속이려는 사람, 염탐하려는 사람, 동정을 사려는 사람들이 끊임없이 찾아왔다. 그는 상담해 주었고, 동정을 베풀었고, 틈을 허용해 주었고, 어느 정도 속아주었다. 그리고 일찍이 그가 신들과 범에 정신을 쏟았던 것처럼 이 모든 놀이와 이 놀이를 추진하는 사람들의 정열에 몰입했다.

이따금 그는 가슴속 깊은 곳에서 거의 알아들을 수 없을 정도로 나직하게 호소하고 경고하는 목소리를 들었다. 그럴 때마다 그는 일순간 깨달았다. 자기가 지금 이상한 생활을 하고 있으며, 온통 유희에 지나지 않는 일을 하고 있다는 것, 물론 유쾌하고 제법 자주 기쁨을 느끼기는 하지만 그래도 자기 본래의 생활은 곁으로 스쳐 흘러가 자기에게 와 닿지 않는다는 것을.

공을 가지고 노는 사람처럼 그는 장사를 가지고 놀았고, 주위의 인간들을 구경하며 흥미를 느꼈다. 그러는 동안 본질의 근원은 그와는 멀리 떨어진 어느 곳으로 보이지 않게, 그의 삶과는 아무 상관없이 흘렀다. 그런 생각이 들 때마다 그는 깜짝 놀라, 이 모든 어린애 같은 일상에 진심으로 임할 수 있다면, 그저 방관자로서 곁에서 있는 것이 아니라 진정으로 살고 진정으로 행동하며 진정으로 즐길 수 있다면 하고 바랐다.

그는 끊임없이 아름다운 카마라를 찾아가 사랑의 기술을 배우고, 주는 것과 받는 것이 하나 되는 육욕의 예배를 연습하며 카마라와 소곤대며 충고를 주고받았다. 그녀는 일찍이 고빈다가 그를 이해하던 것보다 한결 더 싯다르타를 이해했고, 한결 더 싯다르타와 닮아 있었다.

언젠가 싯다르타는 카마라에게 말했다.

"당신은 나와 같소. 당신은 대부분의 인간들과 달라요. 당신은 카마라일 뿐 다른 아무것도 아니오. 당신 마음속에는 언제라도 들어가 쉴 수 있는 조용한 안식처가 있소. 그 점은 나 역시 마찬가지지요. 그런 사람은 별로 많지 않소. 누구나 그렇게 할 수 있는데도 말이오."

"모든 사람이 지혜로운 것은 아니니까요." 카마라가 말했다.

"아니, 그건 지혜의 문제가 아니라오. 카마스바미는 나처럼 지혜롭지만 자기 안의 안식처를 찾지 못한 사람이오. 반대로 지혜는 어린아이 수준이지만 자기 안에 안식처를 가진 사람이 있소.

카마라, 대부분의 인간들은 바람에 날려 빙글 돌다가 방향을 잃고 땅바닥에 굴러 떨어지는 낙엽과 같은 존재요. 하지만 아주 드물게나마 별처럼 확고하게 자기의 궤도를 가는 사람도 있소.

그들은 바람에 흔들리지 않고, 내면에 나름의 법칙과 궤도를 가지고 있소. 내가 알던 많은 학자와 사문들 가운데서 이런 종류의 사람은 단 한 분뿐이었소. 그 완성자를 나는 영원히 잊을 수 없을 것이오.

그분은 설법을 전파하는 세존, 고타마요. 몇 천의 젊은이들이 매일 그의 설법을 들으며 그의 계율을 좇고 있지만 그들은 모두 가랑잎일 뿐이오. 자신 안에 자신만의 교의와 법칙을 가지고 있지 못하니까요."

"또 그분 얘기군요. 아직도 사문을 생각하시나 봐요."

카마라는 웃으며 그를 찬찬히 바라보았다.

싯다르타는 입을 다물었다. 그들은 사랑의 유희를 벌였다. 카마라가 아는 서른 가지, 마흔 가지 유희 가운데 하나를. 카마라의 몸은 표범의 몸처럼, 사냥꾼의 활처럼 유연했다. 그녀에게서 사랑을 습득한 사람은 많은 쾌락, 많은 비밀에 정통해지게 마련이었다. 카마라는 오랜 시간 싯다르타와 유희를 벌였다. 그녀는 그를 유혹하고 물리치며, 굴복시키고 휘감으면서 그 노련함을 즐겼다.

마침내 싯다르타는 정복되어 녹초가 된 몸으로 카마라의 곁에서 쉬었다. 카마라는 누워 있는 싯다르타 위로 허리를 굽혀 그의 얼굴을, 피로해진 그의 눈을 오랫동안 들여다보았다.

"당신은 내가 만난 애인 중에서 최고의 애인이에요. 다른 사람보다 강하고 유연하고 의욕적이고 나의 기술을 아주 잘 배우셨어요, 싯다르타. 언젠가 좀 더 나이 들면 당신의 아들을 낳고 싶어요. 하지만 애인이여, 당신은 여전히 사문으로 머물러 있어요. 당신은 나를 사랑하지 않아요. 그 어떤 인간도 사랑하지 않죠. 아닌가요?"

"그럴지도 몰라. 나는 당신과 똑같소. 당신 역시 아무도 사랑하지 않으니까. 그렇지 않고서야 어찌 기술로서의 사랑에 종사할 수 있겠소? 아마도 우리와 같은 종류의 인간들은 누구도 사랑할 수 없을 거요. 그건 아마 소인들에게나 가능하겠지. 그리고 그것이 그들의 비밀일 거요."

싯다르타가 나른한 목소리로 말했다.

윤회

오랫동안 싯다르타는 속세에서 쾌락을 누리며 살면서도 그 속에 빠져들지는 않았다. 열렬한 사문으로 지내는 동안 완전히 죽어 있던 그의 관능이 다시 깨어나 부귀를 맛보고, 환락을 누리고, 권세를 맛보았지만 그의 가슴속에는 여전히 사문이 머물러 있었다. 현명한 카마라는 그것을 알고 있었다. 사고와 인내와 금식의 기술이 여전히 그의 생활을 지배했고, 속세의 인간, 소인배들은, 그가 그들에게 낯선 존재인 것처럼, 그에게 여전히 낯선 인간들로 남았다.

세월이 흘렀다. 싯다르타는 안일한 생활에 휩싸여 세월의 흐름을 거의 느끼지 못했다. 그는 부자가 되었다. 집을 갖게 되었고, 하인들을 부렸고, 교외의 강변에는 별장도 갖게 되었다. 사람들은 그를 좋아했고, 돈과 조언이 필요할 때면 그를 찾아왔다. 하지만 카마라 말고는 어느 누구도 그와 친하지 못했다.

청년의 절정기에, 고타마의 설법을 듣고 나서 고빈다와 작별한 후 며칠 동안 체험했던 그 높고 투명한 각성, 긴장된 기대감, 가르침도 스승도 떠나 있던 오만한 독존, 자신의 내면에서 신의 목소리를 듣던 겸허한 마음은 점점 추억이 되어버리고 덧없는 옛일이 되고 말았다. 자기 안에서 가까이 솟아오르던 성스러운 샘물은 멀리서 가냘프게 그 울림만 겨우 느껴질 뿐이었다.

그가 사문들 곁에서 배운 것, 고타마의 가르침에서 배운 것, 브라만인 아버지에게서 배운 것들 가운데 많은 것들은 긴 세월이 지난 오늘날까지도 그의 마음속에 남아 있었다. 절제하는 생활, 사색의 기쁨, 명상의 시간, 육체도 아니고 의식도 아닌 영원한 자아에 관한 내밀한 깨달음은 여전히 그의 내면에 머물러 있었다.

하지만 그 모든 것은 하나씩 깊이 가라앉아 먼지로 뒤덮였다. 일단 회전하기 시작하면 한동안 돌아가다가 점점 속도가 줄어 나중에는 아주 멎어버리는 도공의 선반처럼 싯다르타의 영혼 안에 있는 금욕의 바퀴, 사고의 바퀴, 식별의 바퀴도 오랫동안 회전했고 아직도 돌고 있기는 하지만 점점 속도를 잃어 거의 멎어가고 있었다.

죽어가는 나무 밑동에 습기가 스며들어 결국 천천히 습기로 가득 차서 썩어버리는 것처럼, 세속적인 것들과 타성이 그의 영혼 속으로 스며들어 천천히 그의 영혼을 가득 채웠다. 그리하여 그의 영혼은 점점 무거워지고 피곤해졌으며 결국 잠들었다. 그 대신 그의 관능은 생생하게 살아 많이 배우고 많이 체험했다.

싯다르타는 장사하는 법, 인간을 다스리는 법, 여인과 더불어 즐기는 법을 배웠다. 아름다운 옷을 입는 법, 하인을 부리는 법, 향기로운 물에 목욕하는 법을 배웠다.

섬세하고 정성스럽게 만든 요리를 먹는 법, 생선이며 육류, 새 고기, 향료와 과자 먹는 법, 몽롱하게 늘어지고 취하게 만드는 술 마시는 법을 배웠다.

그는 또한 도박과 장기, 무녀를 바라보는 방법, 가마 타는 방법, 부드러운 침상에서 자는 법을 배웠다.

그러면서도 그는 여전히 자기가 다른 사람들과는 다르며, 그들보다 우월하다고 느꼈고, 여전히 그들을 조금은 조소하는 마음으로, 조금은 경멸하는 마음으로 바라보았다. 그것은 사문들이 속세의 인간들을 대할 때 느끼는 것과 똑같은 경멸감이었다.

카마스바미가 불쾌해할 때, 화를 낼 때, 모욕을 느낄 때, 장사 일로 시달림을 겪을 때, 싯다르타는 늘 조소하는 마음으로 그를 보았다. 하지만 장마기와 수확기가 몇 번 지나가는 동안 조금씩 자기도 모르는 사이에 그의 조소는 점점 무디어졌고, 그의 우월감도 잠들어갔다.

재산이 늘어감에 따라 서서히 싯다르타 자신이 소인배의 요소를, 철부지 같고 소심한 요소를 지니게 된 것이었다. 게다가 그는 그들을 부러워하기까지 했다.

그들과 닮아갈수록 그는 더욱 그들을 부러워했다. 자기가 못 가진 것, 그들만이 가지고 있는 한 가지, 그들이 자신들의 인생에 부여하는 중대성, 기쁨과 불안에 대한 그들의 열정, 그들에게는 영원할 수밖에 없는 사랑이라는 감정의 안타깝고 달콤한 행복을 부러워했다.

자기 자신, 여자, 자식들, 명예, 돈, 계획, 희망 같은 것들에 인간들은 끊임없이 사로잡혔다. 하지만 그는 이것을 배우지 못했다. 이 어린애 같은 기쁨과 어린애 같은 어리석음만은 배우지 못했다. 그는 그들에게서 정작 자기 자신이 경멸하는 불쾌한 기분만을 배웠을 뿐이었다.

사교적인 모임의 밤을 지낸 다음날 아침이면, 오랫동안 자리에 누운 채 멍하니 피로를 느끼는 일이 점점 잦아졌다. 카마스바미가 자기의 걱정거리를 가지고 지겹게 굴면, 참기 어려울 만큼 화가 나기에 이르렀다.

도박을 하다가 돈을 잃으면 놀랄 만큼 큰 소리로 웃어대는 일도 있었다. 그런데도 그의 얼굴은 아직 다른 사람보다 지혜롭고 슬기로워 보였다.

하지만 이제 그는 잘 웃지 않았고 부자들의 얼굴에서 흔히 볼 수 있는 특징이 하나씩 둘씩 나타났다. 불만스러운 표정, 기분 나빠하는 표정, 불쾌한 표정, 나태한 표정, 몰인정한 표정을 하나씩 닮아갔다. 부에서 오는 영혼의 병이 서서히 그를 잠식하여 사로잡았다.

얇은 베일처럼, 옅은 안개처럼, 피로가 날이 갈수록 점점 짙게, 달이 갈수록 점점 탁하게, 해가 갈수록 점점 무겁게 싯다르타를 짓눌렀다. 새 옷이 세월 따라 낡는 것처럼, 세월 따라 아름다운 빛을 잃고 얼룩지고 구겨지고 솔기가 뜯어지고 여기저기 실밥이 드러나는 것처럼, 고빈다와 작별한 뒤에 시작된 싯다르타의 새 생활도 점점 낡아가고, 세월 따라 빛깔과 광택을 잃고 얼룩과 주름이 생겨서, 밑바닥에 도사리고 앉은 환멸과 구토가 여기저기 추하게 드러났다.

싯다르타는 그것을 깨닫지 못했다. 다만 일찍이 그를 깨우쳐준 마음속의 목소리, 그의 황금기를 이끌어주었던 낭랑하고 분명한 마음속의 목소리가 지금은 침묵하고 있다는 것을 알 뿐이었다.

그는 세속적인 쾌락, 욕망, 타성에 사로잡혔다. 그리고 마침내는 어리석음의 극치라며 가장 경멸하고 비웃던 악덕, 돈에 대한 탐욕에까지 사로잡혔다. 그리하여 재산에, 소유와 부에 사로잡힌 그에게 그것은 이제 유희나 장난일 수 없는 사슬이 되고, 짐이 되었다. 이렇듯 야릇하고 교활한 길을 걸어가면서 싯다르타는 도박이라는 가장 저열한 집착의 구덩이에 빠져들었다.

사문을 포기한 뒤에도 사실 싯다르타는 도박에 대해서만큼은 소인배의 버릇이라고 비웃었다. 그런데 지금 돈과 귀중품을 거는 도박에 광적으로 몰입하기 시작했다. 그는 무서운 도박사가 되었다. 감히 그와 도박을 하려는 사람이 없을 정도였다. 그토록 엄청나고 대담하게 그는 내기를 걸었다. 그는 마음속의 필요에서 도박을 했다. 돈을 잃는 것, 저주스런 돈을 탕진하는 것은 분통 터지는 일이면서도 그에게 일종의 쾌감을 안겨주었다.

다른 어떤 방법으로도 상인들의 우상인 부에 대한 자기의 경멸감을 이보다 더 명쾌하고 노골적으로 드러내 보일 수가 없었다. 그래서 그는 자신을 미워하면서, 자조하면서, 대담하게 사정없이 도박을 했다. 몇 천금을 쓸어갔다가 몇 천금을 내던졌다. 돈을 잃고 보석을 잃고 별장을 잃고 다시 따들였다가 다시 잃었다.

불안, 엄청난 것을 걸고 도박하는 동안의 두렵고 가슴 조이는 불안을 싯다르타는 사랑했다. 그는 그 불안을 끊임없이 새롭게 불러일으키고, 끊임없이 상승시키고, 끊임없이 자극하여 북돋우려고 애썼다. 지금의 가득 차고 미지근하고 맥 빠진 삶에서 행복 같은 것, 도취감 같은 것, 삶이 고조되는 것 같은 맛을 느낄 수 있는 것은 오직 이러한 불안뿐이었기 때문이다.

그래서 엄청난 돈을 잃고 나면 그는 다시 부자가 되기 위해 열심히 장사 일을 했고, 채무자에게 한층 혹독하게 지불을 독촉했다. 계속해서 도박을 하고, 계속해서 낭비하는 것으로, 부에 대한 자기의 경멸감을 과시하고 싶었기 때문이었다.

이제 싯다르타는 손해를 볼 때 침착성을 잃었고, 늑장부리는 채무자에게 참을성을 잃었고, 걸인에 대하여 관대함을 잃었고, 간청하는 자에게 돈을 주거나 선물하는 기쁨을 잃었다. 한 판 도박에 천만금을 잃고도 웃어버리는 그가 장사 일에는 엄격하고 좀스러워졌다. 심지어 돈에 대한 꿈을 꾸기까지 했다!

끔찍한 악몽에서 깨어나 침실 벽에 걸린 거울 속에서 늙고 추해진 자기의 얼굴을 보고 수치와 염증을 느낄 때마다 그는 더욱 도피처를 찾았다. 새로운 행복의 유희 속으로, 욕정과 술이 베푸는 마취의 세계로 도피했다. 그리고 다시 돈을 긁어모아 축적하려는 충동으로 되돌아오곤 했다.

이러한 무의미한 윤회를 타고 달리느라 그는 지치고 늙고 병들어갔다.

그러던 어느 날 그는 꿈속에서 경고를 들었다. 그날 저녁, 그는 카마라와 함께 그녀의 아름다운 정원에 앉아 있었다. 나무 밑에 앉아 이야기를 나눌 때 카마라가 슬픔과 염증이 감추어진 의미심장한 말을 했다. 그녀는 싯다르타에게 고타마 얘기를 해달라고 청했다. 하지만 싯다르타는 그의 눈이 얼마나 맑고, 그 입이 얼마나 고요하고 아름다우며, 그가 얼마나 인자하게 웃는지, 그의 걸음걸이가 얼마나 평화로운지 충분히 말해 줄 수 없었다. 오랫동안 그는 카마라에게 세존 붓다에 대하여 설명하지 않을 수 없었다. 카마라는 한숨을 쉬며 말했다.

"언젠가, 아마도 머지않아 저는 세존 붓다를 따라갈 거예요. 이 정원을 그분에게 바치고 그분의 가르침을 따를 겁니다."

그러면서도 그녀는 곧바로 싯다르타를 유혹하여 사랑의 유희를 벌이면서, 이 공허하고 덧없는 욕정에서 마지막 달콤한 한 방울을 짜내려는 것처럼 눈물을 흘리고 깨물면서 고통스러운 열정으로 그를 끌어안았다. 육욕이라는 것이 얼마나 죽음과 비슷한 것인지 싯다르타는 명백하게 느꼈다. 그것은 정말 기묘한 느낌이었다.

싯다르타는 여인의 옆에 누웠다. 카마라의 얼굴이 가까이에 있었다. 그때 그는 그녀의 눈 밑과 입가에서 새삼스럽고도 분명하게 초조한 글자 하나를 읽었다. 가는 선과 옅은 골로 이루어진 문자, 가을과 늙음을 연상시키는 문자였다. 싯다르타도 이미 사십 고개를 넘어서서 어느덧 검은 머리 사이로 희끗희끗 흰 머리카락이 눈에 띄었다. 카마라의 아름다운 얼굴에는 피로의 빛이 보였다. 피로감과 이울기 시작한 모습, 미처 말하지 않고 감추었던 초조감, 어쩌면 지금껏 의식하지 못했던 초조감이 씌어 있었다. 늙음에 대한 두려움, 가을에 대한 두려움, 필연적인 죽음에 대한 두려움이었다. 한숨을 내쉬며 그는 카마라와 작별했다. 언짢은 기분, 말할 수 없는 초조감을 가슴 가득 안고서.

그날 밤 싯다르타는 집에 무희들을 불러들여 잔치를 벌이며, 이미 잃어버린 우월자의 허세를 부렸다. 그는 술을 잔뜩 먹고 자정이 훨씬 지나서 피곤하고 흥분되고 절망스럽고 울고 싶은 기분으로 잠자리에 들었다. 한참을 엎치락뒤치락 잠 못 이루는 동안, 미적지근하고 구역질나는 술 냄새처럼, 지나치게 달콤하고 퇴폐적인 음악처럼, 요염한 무희들의 웃음처럼, 그녀들의 머리와 젖가슴에서 나는 강렬한 향내처럼 혐오감이 그를 들쑤셨다.

자신의 향내 나는 머리카락, 입에서 나는 술 냄새, 늘어진 피부에 그는 피로감과 불쾌감을 느꼈다. 하지만 무엇보다도 그는 자기 자신을 혐오했다. 과식하고 과음한 자가 고통스러운 나머지 토해내고 홀가분함을 느끼려는 것처럼, 싯다르타는 향락에 대한, 악습에 대한, 무의미한 생활과 자기 자신에 대한 엄청난 혐오감의 물결에서 빠져나오기를 갈망했다.

아침의 첫 햇살이 비쳐들고 집 앞 거리에서 분주한 아침 활동이 시작되었을 때에야 비로소 그는 간신히 눈을 붙였다. 반쯤 몽롱한, 일종의 잠이라고 할 수 있는 상태에 빠져든 그 잠시 동안 그는 꿈을 꾸었다. 카마라는 노래를 잘 부르는 작고 진기한 새를 황금 새장에서 기르고 있었는데, 바로 그 새에 관한 꿈이었다.

새가, 아침마다 잘 울던 그 새가 벙어리가 되어 있었다. 싯다르타는 이상한 생각이 들어 새장 앞에 다가가 들여다보았다. 작은 새는 죽어서 뻣뻣해진 채 바닥에 누워 있었다. 그는 새를 끄집어내어 손에 잡고 잠시 흔들어보다가 길가로 던져버렸다. 그 순간 그는 무시무시한 놀라움과 함께 심장이 찢어지는 고통을 느꼈다. 죽은 새와 함께 자기의 모든 재산이 내던져진 것만 같았다.

꿈에서 깨어나자 싯다르타는 깊은 슬픔에 사로잡혔다. 무가치하고 무의미한 삶을 살았다는 생각이 들었다. 생명감 있는 그 무엇도, 소중한 그 무엇도, 보존할 가치가 있는 그 무엇도 그의 손에는 남아 있지 않았다. 난파당한 사람이 강가에 서 있는 것처럼 그는 혼자 빈 몸으로 그렇게 서 있었다.

우울한 마음으로 싯다르타는 자기 소유의 정원으로 들어가서 출입문을 잠그고 망고나무 밑에 주저앉았다. 그의 심장 속에는 죽음이, 가슴 속에는 공포가 서려 있었다. 그는 자기 내부에서 무엇인가 죽어가고 있는 것을, 시들어 종말을 향해 가고 있는 것을 느꼈다.

그는 생각을 가다듬어 기억해낼 수 있는 첫날부터 지금까지 자신이 걸어온 삶을 머릿속으로 정리해보았다. 도대체 언제 행복이라는 것을 체험했으며, 참된 희열을 맛보았던가? 아, 그랬다, 상당히 여러 번 그는 그것을 체험했다. 소년 시절, 브라만에게서 칭찬을 들었을 때, 성구를 암송하고 학자들과 토론을 벌이고 제사 때 조수 노릇을 하면서 선배들을 훨씬 앞질러 빼어났을 때, 그는 그런 기쁨을 맛보았다. 그때의 기쁨은 이런 것이었다.

"나면서부터 정해진 길이 네 앞에 놓여 있다. 신들이 너를 기다린다."

청년 시절에도 역시, 끊임없이 높은 곳을 향해 치닫는 목표에 동료들보다 두드러지게 가까워졌을 때, 범의 의미를 알고자 고통 속에서 부심할 때, 얻은 지식이 번번이 그의 내부에 새로운 갈망을 부채질해주었을 때, 그 갈망 속에서도, 그 고통 속에서도, 그는 역시 소년 시절과 같은 기쁨을 느꼈다.

"앞으로! 앞으로! 너는 사명을 타고난 자다."

고향을 떠나 사문을 선택했을 때, 다시금 사문을 떠나 완성자에게 갔을 때, 그리고 다시 그를 떠나 알 수 없는 곳을 향해 길을 걸었을 때, 그는 같은 목소리를 들었다.

하지만 그 뒤로 얼마나 오랫동안 그 목소리를 듣지 못했던가! 얼마나 오랫동안 진보도 없이 그저 평탄하고 황량한 길을 걸어왔던가! 높은 목표도 없이, 갈망도 없이, 비약도 없이, 사소한 쾌락에 만족하며, 그러면서도 한 번도 만족한 적이 없이 얼마나 오랜 세월이 흘렀는가!

이 몇 해 내내 그는 무수한 소인배의 하나가 되려고 애쓰면서 살았다. 그러는 동안 그의 생활은 그들의 생활보다 한결 가난하고 비참한 것이 되었다. 그들의 목표는 그의 목표가 아니고 그들의 걱정은 그의 걱정이 아니었기 때문이고, 카마스바미 같은 인간의 세계는 그에게는 그저 일종의 유희, 코미디에 불과했기 때문이다.

오로지 카마라만이 그에게는 사랑스럽고 가치 있는 존재였다. 하지만 지금도 여전히 그런가? 그는 아직도 그녀를, 그녀는 아직도 그를 필요로 하는가? 그들은 그저 유희를 한 게 아닌가? 유희를 위해 산다는 게 필요할까? 아니다, 그건 필요한 일이 아니다! 이 유희야말로 윤회다. 어린애들 놀이다. 한 번, 두 번, 열 번은 재미있게 놀 수 있겠지만, 하지만 끊임없이 되풀이된다면?

싯다르타는 깨달았다. 유희는 이제 끝났다는 것을! 온몸에 전율이 흘렀다. 그의 내부에서 무엇인가 죽었다!

그날 하루 종일 싯다르타는 망고나무 밑에 앉아 아버지를, 고빈다를, 고타마를 생각했다. 한낱 카마스바미 같은 인간이 되려고 그들을 떠났단 말인가? 밤이 깊었다. 눈을 들어 별을 바라보면서 그는 생각했다.

'나는 여기, 나의 정원 안에서 나의 망고나무 밑에 앉아 있구나.'

그는 조용히 웃었다. 내가 망고나무를, 정원을 소유하다니, 그것은 필요한 일일까? 올바른 일일까? 한낱 어리석은 장난이 아닐까?

그는 그것과 작별했다. 그것 역시 그의 안에서 죽었다. 그는 몸을 일으켜 망고나무와 작별했다. 정원과도 작별했다. 하루 종일 아무 것도 먹지 않아서 무척 배가

고팠다. 그는 시내에 있는 자기 집과 침실과 침대, 음식이 놓인 식탁을 생각했다. 그는 피곤한 얼굴에 미소를 짓고 몸을 떨었다. 그는 그 모든 물건과 작별했다.

그날 밤 싯다르타는 자기 정원을 떠났다. 그는 그 도시를 떠나 다시는 돌아오지 않았다. 카마스바미는 싯다르타가 도적 떼한테 잡혀간 줄 알고 한동안 그를 수소문했다. 하지만 카마라는 그를 찾지 않았다. 싯다르타가 사라졌다는 소식을 들었을 때 카마라는 놀라지 않았다. 언제고 이런 일이 일어날 것을 예감하고 있었다. 싯다르타는 역시 사문, 집 없는 자, 순례자가 아니었던가? 마지막으로 만났을 때 그녀는 이렇게 되리라는 것을 뚜렷이 느꼈다. 그리고 그를 잃는 고통 속에서도 마지막으로 그를 그토록 가슴 깊이 껴안아본 것이, 다시 한 번 그토록 완벽하게 그의 것이 되었던 것이 기뻤다.

싯다르타가 사라졌다는 소식을 듣고, 카마라는 진기한 새가 갇혀 있는 황금 새장을 열고 새를 꺼내 날려 보내고 한참 동안 날아가는 새를 바라보았다. 이날부터 카마라는 문을 닫고 손님을 받지 않았다.

얼마 지나지 않아 그녀는 싯다르타와 마지막 만났던 날 임신했다는 사실을 깨달았다.

강변에서

싯다르타는 도시에서 멀리 떨어진 숲속을 헤매고 있었다. 이제는 다시 되돌아갈 수 없다는 것을, 지금껏 여러 해 동안 누려온 생활이, 구역질날 만큼 맛보고 흡수했던 생활이 끝났다는 것을 그는 자각했다. 그가 꿈에 보았던 새는 죽었다. 그의 마음속 새는 죽었다. 해면이 물을 흠뻑 빨아들이는 것처럼, 그는 윤회 속에 깊숙이 얽혀들어 사방에서 혐오감과 죽음을 흡수했다. 그리하여 지금 그는 권태와 비참과 죽음으로 흠뻑 젖어 있었다. 이제 이 세상에는 그를 매혹시키고, 기쁘게 하고, 위로해주는 것은 아무것도 존재하지 않았다.

더 이상 자신에 관해 알고 싶지 않았고, 그저 편안히 쉬고만 싶었다. 죽고 싶은 소망이 그를 가득 채웠다. 벼락이라도 떨어져 죽여줬으면! 호랑이라도 나타나 잡아먹어줬으면! 마취시켜 망각과 잠을 가져다주고 다시는 깨어나지 않게 하는 술이라도, 독약이라도 있었으면!

대체 내가 미처 물들지 않은 어떤 더러운 물건이 하나라도 남아 있을까? 내가 저지르지 않은 죄악과 어리석음, 내가 디뎌보지 않은 영혼의 황무지가 어디에 남아 있을까? 산다는 것이 아직도 가능할까? 여전히 숨을 들이쉬고 내쉬며 배고픔을 느끼고, 먹고, 자고, 다시 여자 옆에 눕는 일이 가능할까? 그에게 배당된 윤회의 바퀴는 돌대로 돌아 기운을 다하여 멎어버린 것이 아닐까?

싯다르타는 숲 근처 큰 강가에 닿았다. 그가 아직 청년이었을 때, 고타마가 있는 도시를 떠나오면서 뱃사공한테 건네 달라 했던 바로 그 강가였다. 싯다르타는 걸음을 멈추고 주저하며 강가에 섰다. 피로와 허기로 그는 쇠약해져 있었다. 어디로, 무슨 목적으로 더 걸어갈 것인가? 이제는 아무 목적도 없었다. 혼란스러운 꿈을 털어내고, 김빠진 술을 토해내고, 비참하고 수치스러운 생활을 끝장내고 싶은, 깊고 슬픈 갈망이 있을 뿐이었다.

강 언덕에 커다란 야자수 한 그루가 서 있었다. 싯다르타는 야자수 밑동에 어깨를 대고 팔로 그 밑동을 얼싸안고는 유유히 흐르는 푸른 강물을 내려다보았다. 풍덩 떨어져 물속에 빠지고 싶은 충동을 느꼈다. 몸서리쳐지는 무서운 공허가 물속에서 그를 불렀고, 그의 영혼 안에 자리 잡은 무서운 공허가 거기에 응답했다.

그렇다, 그는 끝에 와 있는 것이었다. 자신을 소멸시켜버리고, 실패한 삶의 형상을 부수어 냉소하는 신들의 발 앞에 내던져버려야만 했다. 이것이 그가 간절히 원하는 파국이었다. 죽음, 그가 미워하는 형상을 파괴하는 것! 물고기들이 뜯어먹어주기를! 개 같은 싯다르타를, 이 미친놈을, 더럽고 썩어빠진 몸뚱이를, 무기력하고 오염된 영혼을 물고기와 악어들이 뜯어먹고 악마들이 몰려와 찢어버리기를! 찌푸린 얼굴로 그는 물속을 응시하며 물에 비친 자기 얼굴에 침을 뱉었다. 깊은 피로에 겨워 그는 나무 밑동을 안았던 팔을 풀고, 곧장 아래로 떨어져 영원히 물속에 잠적하려고 몸을 약간 돌렸다. 그리고 두 눈을 감고 죽음을 향하여 가라앉았다.

그때 문득 그의 영혼의 외진 모퉁이에서, 권태로웠던 그의 삶의 과거에서 한마디 울림이 들렸다. 한 음절로 된 한마디 말이었다. 아무런 사고가 끼어 있지 않은 채 저절로 울려나오는 소리, 모든 브라만의 기도의 첫소리요 마지막 소리인 신성한 말, 완전한 것 또는 완성된 것을 의미하는 '옴'이었다.

'옴'이라는 울림이 싯다르타의 귀를 건드리자, 그 순간 졸고 있던 그의 정신이 문득 깨어나면서 자기 행동의 어리석음을 인식하게 되었다.

싯다르타는 소스라치게 놀랐다. 죽음을 취하려 할 만큼, 자기 육신을 소멸시켜 안식을 취하려는 어린애 같은 소원을 키워 품게 될 만큼 나는 타락하고 방황하며 무지하게 되었단 말인가! 지금까지 그 모든 고통, 모든 환멸, 모든 절망이 가져다줄 수 없었던 것을 지금 이 순간, '옴!'이라는 한마디 말이 불행과 미망에서 자신을 인식하도록 그를 각성시켰다.

"옴!"

그는 혼잣말로 읊었다.

"옴!"

그는 범을 의식했다. 생명의 불멸성을 의식했다. 지금까지 있었던 모든 신적인 것을 다시 의식했다. 하지만 그것은 다만 한순간, 찰나의 일이었다. 싯다르타는 피로에 못 이겨 야자수 밑에 쓰러졌다. '옴'을 읊으면서 나무 밑동을 베개 삼아 깊은 잠에 빠졌다.

그는 꿈도 꾸지 않고 깊이 잠들었다. 지난 몇 년 동안 이렇게 깊이 자본 적이 없었다. 몇 시간이 지나 잠에서 깨어나자 마치 10년의 세월이 흘러간 것 같은 느낌이 들었다. 강물 흐르는 소리가 나직이 들려왔다. 여기가 어디며 어떻게 해서 자기가 여기까지 흘러왔는지 알 수 없는 상태로 그는 눈을 떴다.

그는 의아한 눈으로 나무와 하늘을 올려다보고, 여기가 어딘지, 어떻게 여기에 오게 되었는지 생각해내려고 기억을 더듬었다. 하지만 아무리 생각해도, 마치 베일로 과거를 가리기라도 한 것처럼 아물아물하게, 끝없이 아득하고 멀리, 아무 상관없는 일처럼 느껴졌다.

다만 지금까지의 생—의식이 되돌아온 처음 순간에는 지금까지 자기 생이 마치 아득히 물러가버린 과거의 화신처럼, 현재 자아의 전생처럼 생각되었다—과 결별했다는 것, 혐오감과 비참한 느낌에 못 이겨 목숨을 버리려 했다는 것, 하지만 강가 야자수 밑에서 옴이라는 성스러운 말을 입술에 올리며 제정신을 차렸다가 잠이 들었다는 것, 그리고 이제 그 잠에서 깨어나 새로운 인간으로서 세상을 바라본다는 것을 의식할 뿐이었다.

그는 자기를 잠들게 했던 '옴'이라는 말을 혼자 나직이 되뇌었다. 그리고 방금 취했던 긴 잠 전체가 바로 긴 시간 동안 가라앉은 옴의 부름이요, 옴의 사고요, 이름 지을 수 없는 경지, 완성된 경지인 옴 안으로 침잠하여 완전하게 합일되는 상태였다는 생각이 들었다.

얼마나 놀랍고 신비한 잠이었나! 그토록 상쾌하고, 새롭고, 젊어지는 잠이라니! 어쩌면 나는 진짜로 죽어 소멸되었다가 새로운 형상으로 재생한 것이 아닐까?

물론 그런 것은 아니었다. 그는 자기 자신을 잘 알았다. 자신의 손과 발, 자기가 누워 있던 장소를 알았다. 그리고 가슴속의 자아를, 싯다르타를, 고집스러운 기인을 알았다. 하지만 어쨌든 싯다르타는 변했다. 싯다르타는 새로워졌다. 신비스러운 잠을 자고 난 뒤에 기쁨과 호기심에 차서 신비스럽게 깨어났다.

싯다르타는 몸을 일으켰다. 어떤 사람이 자기 건너편에 앉아 있었다. 낯선 사람은 까까머리에 누런 빛깔 가사를 입고 참선의 자세로 앉아 있었다. 싯다르타는 머리털도 수염도 없는 이 승려를 유심히 바라보았다. 그리고 이 승려가 청년 시절 그의 친구, 세존 붓다에게 귀의한 고빈다라는 것을 알아보았다.

고빈다는 늙어 있었다. 그것은 싯다르타도 마찬가지였다. 하지만 고빈다의 얼굴에는 열의, 충직함, 탐구심, 고지식함이 옛 모습 그대로 남아 있었다. 하지만 고빈다가 싯다르타의 시선을 느끼고 눈을 들어 마주 보았을 때, 싯다르타는 고빈다가 자기를 알아보지 못한다는 사실을 알았다. 고빈다는 그가 깨어난 것을 보고 기뻐했다. 그가 오랫동안 여기에 앉아, 누구인지 알아보지는 못했을지언정 싯다르타가 깨어나기를 기다렸던 것이 분명했다.

"나는 여기서 잠 들어 있었소만, 스님은 여기서 뭘 하고 계셨소?" 싯다르타가 물었다.

"잘 주무셨소? 이런 데서 자는 것은 좋지 않습니다. 뱀이나 숲속의 야수들이 나타날 수 있으니까요. 친구여, 나는 세존 고타마, 붓다 석가모니의 제자 가운데 한 사람입니다. 마침 우리 순례 일행과 함께 이곳을 지나다가 당신이 이렇게 위태로운 장소에서 누워 주무시는 것을 보고 깨우려고 했지만, 친구여, 당신이 너무나 깊이 잠들어 있기에 일행을 먼저 보내고 당신 곁에 앉아 있었소. 그런데 잠자는 당신을 지키려던 내가 정작 잠들었던 모양이오. 피로에 못 이긴 나머지 내가 맡은 바 일을 잘 못한 것이죠. 어쨌든 이제 당신이 깨어나셨으니, 나는 빨리 일행을 쫓아가야겠소." 고빈다가 대답했다.

"사문이시여, 잠자는 나를 지켜주셔서 감사합니다. 세존의 제자들은 친절하시군요. 어서 가보시지요. 친구여, 항상 건강하시기를 축원하오." 싯다르타가 말했다.

"감사하오, 사문이시여. 안녕히 계십시오." 고빈다는 경의를 표하며 말했다.

"안녕히 가시오, 고빈다" 싯다르타는 말했다.

승려는 그 자리에 우뚝 섰다.

"실례지만, 친구여, 어떻게 내 이름을 아시오?"

싯다르타는 웃음을 지었다.

"아, 고빈다, 당신을 잘 알지요. 당신 아버지의 초막 시절부터, 브라만의 학교 시절부터, 제사를 올릴 때부터, 우리가 같이 사문의 길을 걸을 때부터, 그리고 거룩한 기원에서 당신의 세존께 귀의하던 그때부터요."

"싯다르타! 이제야 알겠군. 어떻게 당장 알아보지 못했는지 정말 알 수가 없어. 반가워, 싯다르타. 널 다시 보게 되다니, 정말 기뻐." 고빈다는 큰 소리로 외쳤다.

"나도 널 다시 보게 되어 정말 기뻐. 자는 동안 지켜준 것도 고맙고. 사실 난 아무 보호도 바라지 않았지만. 어디로 가는 거야, 친구?"

"정해진 곳은 없어. 우리 승려들은 장마철만 아니면 언제나 어디론가 가는 길이지. 언제나 우리는 이곳에서 저곳으로 계율을 좇아 살며 설법을 전파하고, 시주를 받고, 그리고 다시 다른 곳으로 가지. 싯다르타, 넌 어디로 가는 길이야?"

"나도 같은 처지야, 친구. 어디라고 정해진 곳은 없어. 항상 가는 도중일 뿐이지. 순례의 길을 걷는 거야."

"순례하고 있다고 말하지만, 물론 나는 그것을 믿어. 하지만 용서해, 싯다르타. 넌 지금 순례자 행색이 아니야. 부자의 옷을 입고 귀족의 신발을 신었잖아. 향내를 풍기는 머리털도 순례자의 머리털은 아니야. 사문의 머리털이 아니지." 고빈다가 말했다.

"네 말이 옳아. 친구, 잘 봤어. 네 날카로운 눈은 모든 것을 보고 있지만 나는 내가 사문이라고 말하지는 않았어. 그저 순례의 길을 걷는다고 했지. 그리고 사실 나는 지금 순례의 길을 걷고 있어."

"순례의 길을 걷는다고? 하지만 그런 옷차림으로, 그런 신을 신고, 그런 머리로 순례하는 사람은 거의 없을 거야. 벌써 여러 해 동안 순례의 길을 다녔지만 그런 순례자는 만난 적이 없어." 고빈다가 말했다.

"네 말이 옳아, 고빈다. 하지만 오늘 넌 그런 신을 신고, 그런 옷차림을 한 순례자를 만난 거야. 기억해, 친구, 형상의 세계는 무상하다는 것을. 우리의 옷, 우리의 머리 모양, 그리고 우리의 머리털과 육신은 무상한 거야. 말할 수 없이 무상한 거야. 지금 나는 부자의 옷을 입고 있어. 맞아. 내가 부자의 옷을 입은 것은 내가 부자였기 때문이야. 내가 속세의 탕아들과 같은 머리 모양을 하고 있는 것도 내가 그런 속인의 한 사람이었기 때문이고."

"그럼, 싯다르타, 지금의 넌 뭐야?"

"모르겠어. 네가 모르는 것처럼 나도 아직 몰라. 나는 지금 도중에 있거든. 나는 부자였지만 지금은 아니야.

내일 내가 무엇이 될지는 아직 알 수 없어."

"부를 잃어버린 거야?"

"부를 잃어버렸지. 아니 그것이 나를 잃어버렸는지도 모르지. 어쨌든 그것은 나를 떠났어. 형상의 바퀴는 빨리 도는 거야, 고빈다. 브라만 싯다르타는 어디 있어? 사문 싯다르타는 어디 있어? 부자 싯다르타는 어디 있어? 무상한 것은 빨리 변하지. 고빈다, 그건 너도 알 거야."

고빈다는 젊은 시절의 친구를 의혹 어린 눈으로 한동안 바라보았다. 그러고 나서 고귀한 사람에게 경의를 표하듯이 인사하고 떠나갔다.

싯다르타는 웃음 띤 얼굴로 친구의 뒷모습을 바라보았다. 그는 여전히 변함없이 성실하고 고지식한 친구를 사랑했다. 하기야 그토록 신비스러운 잠을 자고 난 이 장려한 시간에, 옴으로 충만해진 그가, 그 누구인들, 그 무엇인들 사랑하지 않을 수 있으랴!

모든 것을 사랑하게 된 것, 눈에 보이는 모든 것에 대한 차별 없는 사랑에 충만하게 된 것, 그것이 바로 잠을 자는 동안 옴을 통해 싯다르타에게 일어난 신비로운 마술이었다. 그리고 그 마술 덕분에 지금 싯다르타는 과거의 자기가 너무나 심하게 병들어서 아무것도, 그 누구도 사랑할 수 없었던 것이라고 생각하게 되었다.

웃음 띤 얼굴로 싯다르타는 떠나가는 승려의 뒷모습을 바라보았다. 잠은 그를 퍽 건강하게 해주었지만 배고픔은 몹시 괴로웠다. 이틀 동안이나 완전히 굶었고, 굶주림에 단련되었던 때는 까마득히 먼 시절이었기 때문이다. 아픈 마음으로, 그러면서도 웃음 띤 얼굴로 그는 그 시절을 추억했다. 그 때 카마라 앞에서 세 가지를 자랑했었지. 귀하고 아무나 극복할 수 없는 세 가지 기술—단식과 인내와 사고를 난 행할 수 있다고 말이야.

그는 그런 것을 회상했다. 그것은 그의 재산이었다. 그것은 그의 힘이었고, 능력이었고, 단단한 지주였다. 부지런하고 고통스럽던 젊은 시절에 그가 습득한 것은 그 세 가지 기술뿐이었고, 다른 것은 전혀 없었다.

그런데 지금은 그것들이 그를 떠나버렸다. 단식도, 인내도, 사고도, 하잘것없는 것을 위하여 그는 그 기술들을 내버렸다! 덧없는 것을 위하여, 관능적인 쾌락을 위하여, 안락한 생활을 위하여, 부귀를 위하여 말이다.

그가 걸어온 길은 정말 이상하고 야릇했다. 지금 그는 한낱 소인이 되어버린 기분이었다. 싯다르타는 자기가 처한 상황에 대하여 곰곰이 생각해보았다. 생각하는 것이 지금의 그에게는 힘이 들었고, 근본적으로 생각할 기분이 나지 않았다. 그래도 그는 억지로 생각했다.

이제 모든 덧없는 일들을 떨쳐버린 지금, 나는 일찍이 어린 시절 그랬던 것처럼 다시 태양 아래 서 있다. 이제 내 것은 아무것도 없고, 내게는 아무런 가능성도 없으며, 아무런 능력도 없고, 아무것도 배운 것이 없다. 이 얼마나 이상한 일이냐! 젊음이 가버린 지금, 머리는 반백이 되고 기운은 쇠하여진 지금에 와서 다시 처음부터 어린애가 되어 시작하다니!

그는 웃지 않을 수 없었다. 그렇다, 그의 운명은 야릇했다! 그는 이제 내리막길로 접어들었다. 그런데 다시 빈 몸으로 발가벗은 채 어리석은 모습으로 세상에 서 있는 것이다. 하지만 그는 그 점에 관해서는 비애를 느끼지 않았다. 아니, 오히려 웃고 싶은 충동을 강렬히 느꼈다. 자기 자신에 대하여, 이 야릇하고 어리석은 세상에 대하여 웃고 싶은 충동을 느꼈다.

"너는 내리막길로 접어들었다!"

그는 자신에게 말하며 웃었다. 동시에 그의 시선이 강물 위로 떨어졌다. 강물 역시 내리막길로 흘러가고 있었다. 강물은 아래로 흘러가며 유쾌하게 노래했다. 그런 광경이 그의 마음을 흡족하게 했다. 그는 강물을 향하여 정답게 웃었다. 내가 빠져 죽으려 했던 강이 바로 이 강이야! 1백 년 전 일이었던가? 아니면 꿈이었던가?

싯다르타는 자신이 기묘하게 멀리 돌아가는 삶을 살았다고 생각했다. 소년 시절에는 오직 신들을 섬기며 제사하는 일로 지냈고, 청년 시절에는 오직 고행과 사고와 참선만 했고, 범을 추구하며 아트만 속의 영원성을 숭상하며 살았다. 장년 시절에는 참회자들을 따라 숲속에 살며 더위와 추위를 견디며 굶는 것을 익히고 나의 육신에게 서서히 죽는 것을 가르쳤다. 그러고 나서 붓다의 가르침에서 불가사의하게 깨달음을 얻었다. 나 자신의 혈액처럼, 세계의 단일성에 대한 인식이 내 안에서 순환하는 것을 느꼈던 것이다.

하지만 나는 붓다에게서, 위대한 인식에서 다시 떠나지 않을 수 없었다. 그곳을 떠나 카마라에게 가서 애욕을 배웠고, 카마스바미에게서 장사를 배워 돈을 모으고 그것을 낭비했다. 나는 나의 위를 사랑하게 되었고 관능에 아첨하기에 이르렀다. 그렇게 나는 정신을 상실하고, 사색을 잊어버리고, 단일성을 망각한 채, 오랜 세월을 흘려보냈다. 그것은 천천히 아주 멀리 돌아 인간에서 어린아이로, 사상가에서 소인배로 변해온 과정이었다.

어쨌든 이 길은 무척 좋았다. 어쨌든 내 가슴속의 새는 죽지 않았다. 하지만 그 길은 대체 어떤 길인가? 나는 다시 어린아이가 되기 위하여, 어린아이가 되어 새로 시작하기 위하여 그토록 엄청난 어리석음을 저지르고, 그토록 엄청난 악덕을 행하고, 그토록 엄청난 혐오감과 실망과 비애를 겪은 것인가?

하지만 새로 시작하는 것은 올바른 일이다. 나의 심장이 긍정으로 답하고, 나의 눈이 웃음 지었다. 이렇게 은총을 체험하기 위하여, 다시 옴을 듣기 위하여, 다시 올바르게 잠자고 올바르게 깨어나기 위하여, 나는 절망을 체험할 수밖에 없었고 모든 생각 가운데 가장 어리석은 생각, 자살이라는 생각에까지 빠져들었던 것이다.

나는 내면에서 다시 아트만을 찾기 위하여 어리석은 자가 될 수밖에 없었다. 이제 나의 길은 어디로 나를 이끌어갈 것인가? 그 길은 상식의 틀을 벗어난 길이다. 그 길은 고리 모양을, 어쩌면 원을 그리며 가는지 모른다. 그 길이 어떤 모양을 그리든, 나는 그 길을 따라가리라.

불가사의하게도 그는 가슴속에 용솟음치는 기쁨을 느꼈다. 그는 자신의 마음을 향해 물었다.

대체 이 기쁨은 어디에서 오는 것인가? 그토록 상쾌하고 길고 기분 좋았던 잠에서 오는 것일까? 아니면 내가 입에 올린 옴이라는 말에서 오는 것일까? 아니면 내가 빠져나왔다는 것, 나의 도피가 완성되었다는 것, 나 자신이 마침내 다시 자유로워져서 어린아이처럼 하늘 아래 서 있다는 사실에서 오는 것일까? 아, 이러한 도피, 자유란 얼마나 좋은 것인가! 이곳의 공기는 얼마나 아름답고 순수하며 얼마나 마시기 좋은 것이냐! 내가 도망쳐 나온 곳, 그곳에서는 모든 것에서 향유 냄새, 향료 냄새, 포만과 타성의 냄새가 풍겼다.

부자의 세계, 식도락가의 세계, 도박꾼의 세계를 나는 얼마나 증오했던가! 그 끔찍한 세계 속에 그토록 오래 머물렀던 자신을 나는 얼마나 미워했던가! 나는 얼마나 스스로를 미워하고, 버리고, 해치고, 괴롭히고, 늙게 하고, 약하게 만들었던가!

나는 이제 싯다르타가 현명하다는 망상을 다시는 갖지 않을 것이다! 하지만 자신에 대한 증오심에, 그리고 그 어리석고 황량한 생활에 마침표를 찍은 것은 잘한 일이고, 기쁜 일이고, 칭찬할 일이다. 싯다르타, 나는 너를 칭찬한다. 그토록 오랜 어리석음의 세월을 보낸 뒤 다시 한 번 깨달음에 접한 것을 칭찬한다! 너는 행한 것이다. 가슴속에서 우는 새소리를 듣고 그것을 따른 것이다!

그는 자신을 칭찬하며 기쁨을 느꼈다. 그는 굶주림으로 꾸르륵대는 위장의 소리를 신기하게 들었다. 이 며칠 사이에, 고통과 불행을 철저하게 맛보고 토해낸 것 같았고, 절망과 죽음에 이르기까지 씹어 삼킨 것 같았다.

그것은 좋은 일이었다. 그렇지 않았다면 그는 아직도 카마스바미 곁에서 돈을 끌어들이고 탕진하며, 배를 기름지게 하고 영혼을 목마르게 하고 있을 것이었다. 이런 순간이 없었더라면, 완전한 절망의 순간, 흐르는 강물 위에 걸린 채 죽어버리려고 작정했던 극단의 순간이 없었더라면, 그는 아직도 그 안락하고 푹신한 지옥 속에서 살고 있을 것이었다.

깊은 혐오감을 느꼈다는 것, 그리고 그 혐오감에 굴하지 않았다는 것, 그의 내면에 즐거움의 원천인 새가 아직도 살아 있다는 것에 그는 기쁨을 느꼈다. 반백이 된 그의 얼굴이 즐거운 웃음으로 빛났다. 그는 생각했다.

필연적으로 알아야 할 것을 아는 것은 좋은 일이야. 세속적인 쾌락과 부가 좋은 것이 아니라는 것을 나는 이미 어린아이일 때부터 배웠다. 이미 오래전부터 알고 있던 것을 체험한 지금에야 비로소 안다. 그저 머리로만 아는 것이 아니라, 눈으로, 심장으로, 위장으로 그것을 안다. 그것을 안다는 것은 좋은 일이다!

한참 동안 그는 자신의 변화에 대해 깊이 생각하며 기쁨에 넘쳐 노래하는 내면의 새소리에 귀를 기울였다.

이 새는 나의 내면에서 벌써 죽지 않았던가? 나는 나 자신의 죽음을 느끼지 않았던가? 아니다. 나의 내부에서 죽은 것은 다른 그 무엇이다. 이미 오래 전부터 죽기를 바랐던 그 무엇이다. 그것은 일찍이 내가 뜨겁게 참회에 몰입했던 시절에 죽이고자 했던 나의 자아, 편협하고 불안하고 오만한 자아, 그것 때문에 그토록 오랜 세월 싸워왔지만 끊임없이 다시 정복당하고, 죽었나 하면 번번이 다시 살아나 기쁨을 차단하고 두려움을 느끼게 만들던 나의 소아가 아니었던가? 여기 다정한 강가 숲속에서, 오늘 마침내 소아가 죽었다. 내가 지금 어린아이처럼 이토록 신뢰와 기쁨에 충만하여 아무런 두려움 없이 있게 된 것은 바로 소아가 죽었기 때문이다.

이제 싯다르타는 왜 그가 브라만으로서, 참회자로서, 자아와 헛되이 싸워왔는지 깨닫게 되었다. 너무 많은 지식, 너무 많은 성구, 너무 많은 제사의 규범, 지나친 금욕, 지나친 실천과 노력이 자아를 죽이는 데 방해가 되었다! 그는 오만에 가득 차 있었던 것이다. 그는 항상 가장 현명한 자였고, 항상 가장 열심인 자였고, 항상 누구보다도 한 걸음 앞선 자였고, 항상 지자이며 영적인 자였고, 항상 승려이며 현자였다.

이 승려라는 근성 속에, 오만 속에, 영적인 것 속에 그의 자아가 웅크리고 확고하게 자리 잡고 앉아 자라나는데, 그는 단식과 참회로써 헛되이 그것을 죽이려고 애썼던 것이다. 이제 그는 내면의 목소리가 옳았다는 것을, 어떠한 스승도 자신을 가르침으로 구제할 수는 없다는 것을 알게 되었다.

자기 안의 승려와 사물이 죽을 수 있게 하기 위하여 그는 세상에 나가지 않을 수 없었고, 쾌락과 권세, 그리고 여자와 돈에 자신을 상실하지 않을 수 없었고, 장사꾼이 되고 도박꾼이 되고 주정꾼이 되고 탐욕자가 되지 않을 수 없었다. 그리고 끝에 이르기 위하여, 쓰디쓴 절망에 이르기 위하여, 아울러 방탕아 싯다르타, 탐욕자 싯다르타가 죽을 수 있게 하기 위하여 그는 끔찍한 몇 해를 견뎌야만 했고, 혐오감을, 황량하고 타락한 생활의 무의미와 공허를 견뎌야만 했다.

이제 그는 죽었다. 그리고 새로운 싯다르타가 잠에서 깨어났다. 깨어난 싯다르타 역시 늙을 것이다. 그 역시 언젠가는 죽어야 할 것이다. 싯다르타는 무상한 존재였다. 모든 형상은 무상했다. 하지만 오늘의 그는 젊고 어리고 새롭고 기쁨으로 충만한 싯다르타였다.

그는 웃음 띤 얼굴로 뱃속에 귀를 기울이고 감사한 마음으로 벌처럼 윙윙거리는 소리를 들었다. 상쾌한 기분으로 그는 흐르는 강물을 들여다보았다. 이렇게 마음에 드는 강물을 그는 일찍이 본 적이 없었다. 유유히 흐르는 강물 소리와 모습이 그렇게 힘차고 아름다운 강물을 이제껏 본 적이 없었다. 마치 이 강물이 특별한 무엇을, 그가 아직 알지 못하지만 그를 아직도 기다리는 무엇을 말하는 것처럼 보였다.

이 강물 속에 싯다르타는 빠져 죽으려 했고, 아닌 게 아니라 사실, 시달리고 절망에 빠진 옛 싯다르타는 강물 속에서 죽어버렸다. 하지만 이제 새로 태어난 싯다르타는 흐르는 강물에 깊은 사랑을 느꼈고, 전처럼 쉽게 이 강을 떠나지 않겠다고 결심했다.

뱃사공

나는 이제 이 강에 머물 거야. 일찍이 내가 소인배들에게로 가던 길에 건넜던 이 강에서 살 거야. 그때 어떤 친절한 사공이 강을 건너게 해주었지. 그 사람에게 가자. 일찍이 그 사람의 오두막집에서, 지금은 이미 낡고 죽어버린 삶이 되었지만 그때는 새롭게 보이던 삶으로 인도되었던 것처럼, 지금 나의 새로운 삶도 그곳에서 출구를 찾을 수 있기를!

그는 사랑 가득한 눈으로 흐르는 물속을 들여다보았다. 그는 신비한 파문을 그리는 투명한 초록빛 수정 같은 물결을 들여다보았다. 그는 물속에서 진주가 반짝이며 솟아오르는 것을 보았다. 그는 잔잔한 물거품이 이는 수면 위로 비친 푸른 하늘을 보았다.

강물은 몇 천 개의 눈으로 그를 마주 바라보았다. 초록빛 눈으로, 흰빛 눈으로, 수정 같은 눈으로, 하늘빛 눈으로 바라보았다.

아, 정말 그는 얼마나 이 강물을 사랑하는지 몰랐다! 강물이 얼마나 그를 매혹시키는지, 얼마나 이 강물에 감사하는지! 그는 마음속에서 새로이 깨어나는 목소리를 들었다.

이 강물을 사랑하라!
이 강물 곁에 남아 있어라!
물에게서 배워라!

그랬다. 그는 물에게서 배우고자 했고, 물소리에 귀 기울이고자 했다. 물소리의 비밀을 이해하는 자는 다른 많은 것을, 많은 비밀을, 모든 비밀을 이해하리라는 생각이 들었다. 강의 많은 비밀 가운데에서 그는 오늘 한 가지를 보았고, 그 한 가지에 영혼을 사로잡히고 말았다. 그는 보았다. 이 물은 흐르고 흐르며 영원히 흘러가지만 언제나 그곳에 있다는 것을! 그리하여 언제나 같은 물이지만 순간마다 새로운 물이라는 것을! 아, 누가 그것을 포착하며 그것을 이해하랴! 싯다르타 역시 그것을 이해하지도 포착하지도 못했다. 다만 예감이 일어나는 것을, 아득한 기억이, 신성한 음성이 들려오는 것을 느낄 뿐이었다.

싯다르타는 일어섰다. 뱃속에서 요동치는 배고픔을 참을 수가 없었다. 그는 강을 따라 난 길을 따라 강줄기를 거슬러 올라가며 물소리에 귀를 기울였다. 그리고 뱃속에서 꾸르륵대는 소리를 들었다.

나루터에 도착했을 때 마침 배가 기다리고 있었다. 예전에 젊은 사문 싯다르타를 건네주었던 뱃사공이 배 위에 서 있었다. 싯다르타는 그를 알아보았다. 사공 역시 퍽 늙은 모습이었다.

"나를 건네주시겠습니까?" 그는 물었다.

사공은 그토록 고귀한 모습의 남자가 혼자서, 그것도 맨발로 선 행색을 보고 놀라면서 그를 배에 태워 나루터를 떠났다. 손님이 말했다.

"당신은 참 좋은 삶을 택하셨소. 매일 물에서 살며 물 위를 달리는 것은 참으로 좋은 일일 것입니다."

사공은 웃음 띤 얼굴로 노를 저으며 대답했다.

"손님 말씀이 맞습니다. 정말 좋은 일이지요. 그렇지만 모든 삶이 다 아름다운 것이 아닐까요?"

"그럴지도 모르죠. 하지만 나는 당신의 일이 부럽소."

"아, 하지만 당신 같은 분은 곧 흥미를 잃어버릴 것입니다. 이 일은 좋은 옷을 입는 사람들에게는 어울리지 않거든요."

싯다르타는 웃었다.

"아까도 이 옷 때문에 오해를 받았지요. 사공이여, 나를 성가시게 하는 이 옷을 가져가시겠습니까? 사실은 당신께 드릴 뱃삯조차 없는 몸이라오."

"농담이시겠죠." 뱃사공은 웃었다.

"농담이 아닙니다. 친구여, 언젠가 당신은 삯을 받지 않고 나를 배에 태워 강을 건네준 적이 있었습니다. 오늘도 그렇게 하시지요. 그 대신 내 옷을 받으세요."

"그럼 손님께서는 옷 없이 어떻게 길을 가시렵니까?"

"나는 길을 떠나지 않을 겁니다. 사공이여, 제게 당신의 헌 옷을 한 벌 주시고 당신의 조수로 곁에 있게 해주세요. 아니, 당신의 제자가 되게 해주세요. 먼저 배 부리는 법부터 배워야 할 테니까요."

한참 동안 뱃사공은 무엇을 알아내려는 것처럼 나그네를 유심히 바라보다가 마침내 말했다.

"아, 이제 알겠습니다. 언젠가 내 오두막에서 자고 갔죠? 20년도 더 전이었죠, 아마? 그때 당신을 강 건너에 태워다주었고 우리는 친한 친구처럼 작별했죠. 그때는 사문이 아니었던가요? 이름은 생각나지 않습니다만."

"나는 싯다르타입니다. 그리고 그땐 당신이 기억하는 것처럼 사문이었지요."

"반갑습니다, 싯다르타. 나는 바수데바라고 합니다. 오늘도 나의 손님으로 내 오두막에 머물면서, 어디서 오시는 길인지, 왜 그 좋은 옷이 그토록 성가신지 말씀해주시기 바랍니다."

그들은 강 한가운데에 다다랐다. 강의 흐름을 거슬러 가느라 바수데바는 더욱 힘차게 노를 저었다. 그는 뱃머리에 시선을 두고 기운 넘치는 팔뚝으로 묵묵히 배를 부렸다. 그런 그의 모습을 바라보면서, 싯다르타는 그 옛날, 사문 시절의 마지막 날, 이 남자에게 사랑을 느꼈던 기억을 떠올렸다.

감사한 마음으로 그는 바수데바의 초대에 응했다. 강 언덕에 다다르자 싯다르타는 바수데바가 배를 말뚝에 동여매는 일을 도와주었다. 그리고 곧 사공을 따라 오두막으로 들어섰다. 사공은 빵과 물을 대접했다. 싯다르타는 즐겁게 먹었고 바수데바가 권하는 망고나무 열매도 기쁜 마음으로 먹었다.

그러고 나서 그들은 강가 나무둥치에 앉았다. 마침 해질 무렵이었다. 싯다르타는 사공에게 자기의 내력과 생애를 말하고, 그날 그토록 절망에 빠졌던 순간에 보았던 것들을 이야기해주었다. 밤이 이슥하도록 그의 이야기는 계속되었다.

바수데바는 퍽 주의 깊게 귀를 기울였다. 싯다르타의 내력과 어린 시절, 모든 공부, 모든 추구, 모든 기쁨, 모든 고통을 그는 열심히 들었다. 경청할 줄 아는 것, 이것이야말로 뱃사공이 지닌 미덕 중 가장 큰 것이었다. 그는 남의 말을 들을 줄 아는 흔치 않은 사람이었다. 그는 한마디 말도 하지 않았지만, 말하고 있는 싯다르타는 바수데바가 조용히 마음을 열고, 기다리는 마음으로 자기의 말을 받아들인다는 것을 느꼈다. 한 마디도 놓치지 않고, 초조하게 기다리는 기색도 없이, 칭찬도 나무람도 덧붙이지 않고, 오로지 열심히 듣기만 한다는 것을 싯다르타는 느꼈다. 이런 사람에게 고백하는 것, 이런 사람의 심장에 자신의 생애를, 자신이 추구한 바와 자신의 고뇌를 침전시킨다는 것은 말할 수 없는 행복이라는 것을 싯다르타는 느꼈다.

이야기가 거의 끝나갈 즈음, 싯다르타가 강가의 나무에 대하여, 그의 깊은 절망에 대하여, 신성한 옴에 대하여, 자고 난 후에 느낀 강에 대한 사랑에 대하여 말하는 동안, 뱃사공은 더욱 주의 깊게 눈을 감고 온 신경을 집중하여 귀를 기울여 들었다.

싯다르타의 이야기가 끝나고 오랜 침묵이 이어졌다. 마침내 바수데바가 입을 열었다.

"그것은 내가 생각한 것과 같습니다. 강이 당신에게 말을 건 것이지요. 강이 당신에게 친구가 되어주고, 당신을 향해서 입을 연 것입니다. 정말 잘된 일입니다. 참 좋은 일입니다. 나의 곁에 머물러주세요. 싯다르타, 나의 친구여. 내게는 아내가 있었습니다. 아내의 침대가 내 침대 옆에 놓여 있지요. 하지만 아내는 벌써 오래 전에 타계하여 나는 혼자 살아온 지 오래됩니다. 자, 나와 같이 사십시다. 우리 둘이 쓸 방과 먹을 것은 있습니다."

"감사합니다. 그렇게 하겠습니다. 그리고 바수데바, 내 이야기를 그토록 잘 들어주셔서 감사합니다. 남의 말을 들을 줄 아는 사람은 퍽 드물지요. 당신처럼 잘 들을 줄 아는 사람을 나는 한 번도 본 적이 없습니다. 나는 듣는 법을 당신에게서 배워야 할 것 같습니다."

"배우게 될 겁니다. 하지만 나에게서가 아니라 아마도 강에게서일 겁니다. 강이 내게 가르쳐준 것처럼 당신에게도 가르쳐줄 겁니다. 강은 모든 것을 알지요. 우리는 모든 것을 강에게서 배울 수 있습니다. 보세요, 당신은 이미 강에서 배우기 시작했습니다. 밑으로 내려가 침잠하여 깊은 것을 추구하는 것이 좋은 일이라는 것을 말이죠. 부귀를 누리던 싯다르타가 노잡이가 되고 학식 많은 브라만의 아들 싯다르타가 뱃사공이 된다는 것 역시 강이 당신한테 일러준 것이지요. 당신은 다른 것도 강에게서 배우게 될 겁니다."

한동안 침묵이 흐른 뒤에 싯다르타가 입을 열었다.

"다른 것이란 무엇이지요, 바수데바?"

바수데바는 일어섰다.

"밤이 늦었어요. 그만 자러 갑시다. 그것은 말로 할 수 없는 것입니다. 아, 친구여, 당신은 그것을 배울 것입니다. 아니, 어쩌면 당신은 벌써 그것을 아는지도 모르지요. 나는 학자가 아닙니다. 나는 말을 할 줄도 모르고, 사고할 줄도 모릅니다. 나는 다만 들을 줄만 알고 경건한 마음을 가질 수 있을 뿐입니다. 그것 말고는 아무것도 배운 것이 없어요. 내가 만약 그것을 말할 수 있고 가르칠 수 있었다면, 난 아마도 현자가 되었겠지요. 하지만 나는 그저 뱃사공일 뿐이고, 내가 맡은 일은 사람들을 태워 강을 건네주는 것입니다. 아주 많은 사람을, 아마 몇 천이나 되는 사람을, 나는 건네주었지요. 그들 모두에게 이 강은 여행길에 마주친 장애물일 뿐, 다른 그 무엇도 못 되었지요. 그들은 돈을 벌기 위하여, 장사를 하기 위하여, 결혼하기 위하여, 순례하기 위하여 여행하고 있었습니다. 그런 그들의 길에 이 강은 방해가 되었고 뱃사공은 그들이 속히 방해물을 넘어가게 하려고 거기에 있었던 것이지요. 하지만 몇 천 사람들 가운데 몇 사람, 극소수의 사람, 넷 또는 다섯 사람한테는 이 강이 장애물이 아니었습니다. 강의 목소리를 들은 사람들이었지요. 그들은 강의 목소리에 귀를 기울였고, 내게 그랬던 것처럼 강은 그들에게 신성한 존재가 되었습니다. 자, 이제 쉬러 갑시다, 싯다르타."

싯다르타는 뱃사공 곁에 머물면서 배 부리는 법을 배웠다. 그리고 나루에서 할 일이 없을 때에는 바수데바와 함께 밭에서 일하고 나무를 하고 바나나나무 열매를 땄다. 그는 노 만드는 법을 배웠고, 배 손질하는 법을 배웠고, 바구니 엮는 법을 배웠다. 그는 배우는 모든 것에 기쁨을 느꼈다.

강은 그에게 바수데바가 가르쳐줄 수 있었던 것보다 훨씬 더 많은 것을 가르쳐주었다. 그는 강에게서 끊임없이 배웠다. 그는 강에게서 무엇보다도 듣는 법을, 조용한 마음으로, 영혼을 열고 기다리는 마음으로, 열정도, 욕망도, 비판도, 의견도 없이 경청하는 법을 배웠다.

그는 바수데바와 함께 정답게 살았다. 그리고 이따금 그들은 아주 오래 생각한 몇 마디 안 되는 말을 주고받았다. 바수데바는 말의 친구는 아니었다. 싯다르타는 그에게 말을 시키려고 했지만 뜻을 이룬 적은 드물었다.

어느 날 그는 바수데바에게 물었다.

"바수데바, 당신도 강에게서 시간이란 존재하지 않는다는 비밀을 배웠습니까?"

바수데바의 얼굴이 환한 웃음으로 가득 찼다.

"그렇습니다, 싯다르타. 당신이 의미하는 건 필시 이런 것이겠지요. 강물은 온갖 곳에 동시에 존재한다는 것, 근원에서나, 강어귀에서나, 폭포에서나, 나루터에서나, 여울에서나, 강에서나, 산에서나, 어디에든 동시에 있다는 것, 그리고 강에는 오로지 현재가 있을 뿐이라는 것, 과거의 그림자도, 미래의 그림자도 없다는 것, 그런 것 아닙니까?"

"맞아요. 바로 그겁니다. 그것을 깨닫고 나서 나의 삶을 바라보니, 그것 역시 한 줄기 강이었습니다. 소년 싯다르타는 한낱 그림자를 통해서만 어른 싯다르타, 노인 싯다르타와 떨어져 있을 뿐이지, 현실을 통해서 떨어져 있는 것이 아닙니다. 그러니까 싯다르타의 전생은 결코 과거가 아니었고, 그의 죽음과 범으로의 귀환도 미래가 아니지요. 그 어느 것도 과거에 있던 것이었고, 그 어느 것도 미래에 있지 않습니다. 모든 것은 현재에 있으며, 모든 것은 본질과 현존을 지닐 뿐이지요."

싯다르타는 환희에 가득 차서 말했다. 이 깨달음은 그

에게 가슴 깊이 기쁨을 느끼게 했다. 그는 여전히 환희에 넘쳐 말을 이었다.

"아, 그렇다면, 모든 번뇌는 시간에 연유하는 것이고, 모든 고통과 공포는 시간에서 생기는 것이니, 만약 인간이 이 시간을 초극할 수 있다면, 시간을 없는 것으로 생각할 수만 있다면, 세상의 모든 어려움과 반목은 없어지고 극복할 수 있지 않을까요?"

바수데바는 환하게 웃음지은 얼굴로 그를 바라보며 묵묵히 고개를 끄덕이고는 싯다르타의 어깨를 쓰다듬었다. 그리고 곧 자기의 일로 돌아갔다.

그리고 또 어느 날, 장마가 져서 강물이 넘쳐 힘차게 소리 내며 흐르는 것을 보고 싯다르타가 말했다.

"친구여, 강은 이토록 많은 목소리를, 정말 많은 목소리를 가졌군요. 강은 황제의 목소리를, 투사의 목소리를, 황소의 목소리를, 밤새의 목소리를, 산모의 목소리를, 탄식하는 자의 목소리를, 그리고 또 다른 몇 천 가지 목소리를 가진 것이 아닐까요?"

바수데바는 고개를 끄덕였다.

"그렇소. 피조물의 모든 목소리가 강물 소리 속에 들어 있지요." 그가 대답했다.

"그렇다면 만일 당신이 강의 몇 천 가지 모든 목소리를 동시에 들을 수 있다면, 그때에 강이 하는 말은 무슨 말이겠습니까?" 싯다르타가 물었다.

바수데바의 얼굴은 행복하게 웃고 있었다. 그는 싯다르타를 향해 고개를 숙이더니 그의 귀에 대고 거룩한 소리를 속삭였다.

"옴!"

싯다르타 역시 들었던 바로 그 소리였다.

시간이 갈수록 싯다르타의 웃음 띤 얼굴은 뱃사공의 얼굴을 닮아갔다. 사공의 부드러운 웃음처럼 환히 빛나고, 거의 똑같은 행복을 발하며, 몇 천 개의 잔주름 사이에서 똑같은 빛이 배어나오고, 똑같이 어린아이 같고, 똑같이 노인다워졌다. 많은 나그네들이 이 두 사공을 형제로 생각했다.

저녁이 되면 두 사람은 곧잘 강 언덕 나무 밑에 같이 앉아서 말없이 강물의 소리에 귀를 기울였다. 그것은 그들에게는 이미 물이 아니라, 삶의 목소리였고, 존재자의 소리였으며, 영원히 생성되어가는 자의 소리였다.

두 사람은 강의 소리를 들을 때 똑같은 대상을 생각하는 일이 종종 있었다. 며칠 전의 대화를, 어느 나그네를, 그들을 사로잡은 나그네의 얼굴과 운명을, 죽음을, 그들의 어린 시절을 동시에 생각하는 일이 종종 일어났다.

그리고 그들은 강에서 어떤 좋은 소리를 들을 때면, 동시에 똑같은 것을 생각하면서 서로 마주 바라보며 같은 물음에 대한 같은 대답에 행복을 느낄 때가 종종 있었다.

이 나루터와 두 사공에게는 뭐라 형용할 수 없는 분위기가 감돌았고, 많은 여행자들이 그것을 느꼈다. 어떤 여행자는 두 뱃사공 가운데 어느 한 사람의 얼굴을 본 뒤에, 처음에는 자기의 생각을 말하다가 차츰 자기의 괴로움을 말하고 자기의 죄를 고백하고 위안과 충고를 구했다. 어떤 여행자는 하루 저녁 그들 곁에 머물며 강의를 듣겠다고 청하는 일도 있었다.

호기심 많은 어떤 사람들은 이 나루에 두 사람의 현자, 또는 마술사, 아니면 성자가 산다는 말을 듣고 일부러 찾아오기도 했다. 호기심 때문에 일부러 찾아온 사람들은 그들에게 많은 질문을 해댔다. 하지만 그들은 아무 대답도 얻지 못했다. 그들은 마술사도 현자도 만나지 못하고 다만 두 사람의 친절한 노인, 벙어리 같고 어딘가 야릇하고 멍청해 보이는 두 노인을 발견할 뿐이었다. 그래서 그들은 대중이란 얼마나 어리석고 경솔한지 이런 낭설을 다 퍼뜨린다며 웃었다.

세월은 덧없이 흘러갔다. 하지만 아무도 그것을 손꼽아보지는 않았다. 그러던 어느 날 순례 중인 고타마, 붓다의 제자인 승려들이 몰려와서 강을 건네줄 것을 청했다. 두 뱃사공은 그 승려들이 그들의 위대한 스승에게로 급히 돌아가는 길이라는 것, 그들이 그렇게 서두르는 이유는 세존께서 이제 곧 최후의 인간적인 죽음을 겪으시고 해탈의 경지에 들어가시리라는 소문이 널리 퍼져 있기 때문이라는 것을 알게 되었다.

얼마 지나지 않아서 다시 새로운 무리의 승려들이 몰려왔고, 또 새로운 무리의 승려들이 연달아 왔다. 다른 여행자와 길손들도 대부분 고타마와 그의 가까워진 입멸에 대해서만 말했다. 출정군의 행렬이나 제왕의 대관식으로 사방에서 사람들이 몰려드는 것처럼, 개미 떼가 모여드는 것처럼, 마력에 이끌린 것처럼, 그들은 물밀듯 몰려들었다. 위대한 붓다가 입적을 기다리는 곳으로, 어마어마한 기적이 일어날 곳으로, 한 시대의 위대한 완성자가 열반에 이르려 하는 곳으로.

싯다르타는 그 시간 동안, 입멸하려는 지자, 위대한 스승에 대하여 많은 생각을 했다. 중생들이 정신 똑바로 차리고 깨어있게 해 주고 몇 십만의 사람을 깨우쳐준 그의 목소리, 싯다르타 자신의 귀로 들었던 목소리, 싯다르타 자신이 외경의 마음으로 바라보았던 거룩한 얼굴을 생각했다. 그는 정답게 붓다를 생각했다.

그는 붓다의 완성의 도정을 눈앞에 그려보고, 젊었을 때 세존에게 감히 자기가 했던 말을 웃음 지으며 회상해 보았다. 그것은 지금 생각하면 오만하고 건방진 말이었다고 그는 미소 지으며 그 말을 다시 생각해 보았다. 그의 가르침을 그대로 받아들일 수는 없었지만, 그는 이미 오래전에 고타마와 유리되어 있지 않다는 것을 깨달았다. 아니, 참으로 구도를 하는 자, 참으로 찾고자 하는 자는 아무런 가르침도 받아들일 수가 없는 법이었다. 하지만 일단 찾은 자는 어떠한 가르침, 어떠한 길, 어떠한 목표라도 인정할 수가 있었다. 그리고 찾은 자는 영원 속에 살고 신성을 호흡하는 다른 몇 천의 인간들과 이미 그 무엇으로도 유리될 수가 없었다.

입적하려는 붓다를 찾아 그토록 많은 사람들이 몰려들던 어느 날, 한때 절세의 기생이었던 카마라도 붓다를 찾아 길을 떠났다. 이미 오래전에 그녀는 과거의 생활을 접었다. 그녀는 자신의 정원을 고타마의 승려들에게 시주하고, 붓다의 가르침에 귀의하여 순례자에게 자비를 베푸는 친구가 되었다.

고타마의 입적이 가까워졌다는 소식을 듣자, 그녀는 아들, 어린 싯다르타를 데리고 간단한 차림새로, 맨발로 길을 떠나 강가에 이르렀다. 하지만 어린 것은 곧 피곤하여 집으로 돌아가자고 보채고, 쉬자고 보채고, 먹을 것을 달라고 보채고, 떼를 쓰며 울상이 되었다.

카마라는 자주 쉴 수밖에 없었다. 아이는 어머니를 이기고 자기 고집을 내세우는 데 길이 들어 있었기 때문에, 어머니는 아이에게 먹을 것을 주고 달래고 야단치고 하는 수밖에 없었다. 아이는 왜 이토록 괴롭고 서글픈 순례의 길을 떠나지 않으면 안 되는지 알 수가 없었다. 왜 알지도 못하는 곳으로, 죽음을 앞둔 성자라는 사람에게로 가야만 하는지 아이는 알 수가 없었다. 아이에게야 그 성자가 죽든 말든 대체 무슨 상관이란 말인가!

순례하는 모자가 바수데바의 나루터에서 멀지 않은 곳에 이르렀을 때, 어린 싯다르타는 다시 쉬어 가자고 어머니를 졸랐다. 카마라도 지쳐서 어린 것이 바나나를 씹어 먹는 사이에 땅바닥에 웅크리고 앉아 잠시 눈을 감고 쉬었다. 하지만 갑자기 그녀는 비명을 질렀다. 어린 것은 깜짝 놀라 어머니를 보았다. 어머니의 얼굴은 공포로 파랗게 질려 있었다. 어머니의 옷자락 밑에서 작고 까만 뱀이 기어나와 사라졌다.

두 모자는 사람을 찾아 도움을 받으려고 길을 달려 나루터 부근에 이르렀다. 카마라는 그 자리에 쓰러졌다. 도저히 더는 갈 수가 없었다. 아이는 비명을 지르며, 어머니의 목을 끌어안고 입을 맞추었다. 살려달라는 모자의 비명소리가 나루터 부근에 있던 바수데바의 귀에 들렸다. 바수데바는 급히 달려가서 카마라를 팔에 안아 배 안에 실었고, 어린애도 달려와 배에 올라탔다.

그들은 곧 오두막집에 당도했다. 집에서는 싯다르트타가 아궁이 앞에 서서 불을 지피고 있었다. 그는 머리를 들어 아이의 얼굴을 보았다. 아이의 얼굴은 싯다르트타에게 이상하게도 잊어버렸던 그 무엇을 상기시켜주었다. 그는 다시 카마라를 보았다. 카마라는 의식을 잃고 뱃사공의 팔에 안겨 있었다. 그는 바로 그녀를 알아보았다. 그는 자기에게 그토록 많은 것을 떠올리게 한 이 아이가 자기 아들이라는 사실을 알아차렸다. 심장이 고동쳤다.

급히 카마라의 상처를 씻어냈지만 상처는 이미 흙빛이 되었고, 몸은 부어올랐다. 물약을 입에 흘려 넣자 카마라는 의식을 회복했다.

오두막집 안 싯다르트타의 침상에 누운 그녀의 머리맡에는 그토록 사랑하던 싯다르트타가 구부정하니 서 있었다. 그녀는 꿈을 꾸는 것 같았다.

웃음 띤 얼굴로 그녀는 친구의 얼굴을 들여다보았다. 그리고 한참만에야 자신의 상황을 깨닫고 뱀에게 물린 기억을 되살리며 걱정스럽게 아이를 소리쳐 불렀다.

"아이는 당신 옆에 있으니 걱정 말아요."

싯다르타가 말했다.

카마라는 그의 눈을 들여다보았다. 그녀는 독 기운 때문에 마비되어 잘 돌지 않는 혀로 말했다.

"늙으셨군요. 여보, 백발이 되셨어요. 하지만 지금의 당신은 옛날에 옷도 입지 않고 더러운 발로 저의 정원을 찾아왔던 젊은 사문과 똑같습니다. 저와 카마스바미를 버리고 떠나시던 때보다도 지금이 훨씬 더 사문과 똑같아요. 싯다르타, 당신의 눈은 그 사문의 눈과 똑같습니다. 저도 역시 늙었어요. 그런데도 당신은 저를 알아보셨나요?"

싯다르타는 웃었다.

"당장에 알아보았소, 사랑하는 카마라."

"저 아이도 알아볼 수 있었나요? 당신 아들이에요."

카마라는 아이를 가리키며 말했다. 여인의 눈이 흔들리더니 감겼다. 아이는 울었다. 싯다르타는 아이를 무릎에 앉히고 울도록 놔둔 채 머리를 쓰다듬어주었다. 아이의 얼굴을 들여다보고 있으려니까, 옛날에 싯다르타 자신이 아이일 때 배웠던 브라만의 기도가 떠올랐다. 천천히 노래를 부르듯이 그는 기도를 읊기 시작했다. 그의 과거에서, 어린 시절에서 언어들이 흘러나왔다. 그리고 그의 노랫소리에 아이는 잠잠해졌다가 다시금 훌쩍훌쩍 울기를 반복하더니 잠이 들어버렸다.

싯다르타는 아이를 바수데바의 침대 위에 눕히고 부뚜막에 서서 밥을 짓고 있는 바수데바를 쳐다보았다. 바수데바는 웃음으로 그의 시선에 답했다.

"이 여인은 죽을 것입니다."

싯다르타는 소리 죽여 말했다. 바수데바는 고개를 끄덕였다. 그의 다정한 얼굴 위로 아궁이의 불빛이 번쩍 스쳤다.

카마라는 다시 한 번 의식을 되찾았다. 고통으로 그녀의 얼굴은 일그러졌다. 싯다르타는 그녀의 입과 창백한 뺨에서 고통을 읽었다. 주의 깊게 기다리는 마음으로 그녀의 고통 속에 가라앉은 채 그는 고통을 읽었다. 카마라는 그것을 느꼈다. 그녀의 시선이 싯다르타의 눈을 더듬으며 말했다.

"이제 보니 당신의 눈은 달라졌군요. 달라졌어요. 그런데 당신이 싯다르타라는 것을 무엇으로 알 수 있을까요? 당신은 싯다르타면서 싯다르타가 아니군요."

싯다르타는 아무 말 없이 조용히 카마라의 눈을 들여다보았다.

"당신은 목적에 도달하셨죠? 평화를 발견하셨죠? 알아요. 저는 알아요. 저도 평화를 찾을 것입니다."

"당신은 이미 평화를 찾았소."

싯다르타는 웃으면서 손을 카마라의 손 위에 얹고 속삭였다. 카마라는 그를 꼼짝 않고 바라보았다. 그녀는 자기가 고타마를 향해 순례의 길을 떠났다는 것을, 완성자의 얼굴을 보기 위해서, 완성자의 평화를 나눠 받기 위해서 길을 떠났다는 것을 떠올렸다. 그리고 이제 고타마를 만나는 대신 싯다르타를 찾았다는 것을, 그것은 붓다를 만난 것 못지않게 좋은 일이라는 것을 기억했다. 그녀는 그 말을 싯다르타에게 하려 했지만 이미 혀가 마음대로 돌지 않았다.

말없이 그녀는 싯다르타를 바라보았다. 그리고 싯다르타는 그녀의 눈빛에서 생명력이 소멸되어가는 것을 보았다. 최후의 고통이 그녀의 눈에 가득 찼다가 부서지고, 최후의 전율이 그녀의 사지를 스쳐 지나가자 싯다르타는 카마라의 눈을 감겨주었다.

오랫동안 싯다르타는 죽은 카마라의 얼굴을 바라보며 앉아 있었다. 오랫동안 그는 그녀의 입을, 얇아진 입술을, 늙고 지친 입술을 들여다보았다. 청춘 시절에 자기가 이 입술을 무르익은 신선한 무화과 열매에 비유했던 일이 떠올랐다. 오랫동안 그는 핼쑥한 얼굴과 피로한 주름살을 들여다보며 바라보는 일에 도취해 앉아 있었다. 그리고 자기 자신의 얼굴이 똑같이 창백하고 똑같이 퇴색한 모습으로 거기에 누워 있는 것을 보았다. 그리고 그는 동시에 붉은 입술에 이글이글 타는 듯한 눈을 가진 자기의 젊은 얼굴과 그녀의 젊은 얼굴을 보았다. 그리고 현존과 동시에 영원에 대한 의식이 철저하게 그를 파고들었다. 그는 이 순간에 깊게, 어느 때보다도 깊게 모든 생의 불멸성과 순간의 영원성을 절감했다.

그가 몸을 일으켜보니 바수데바가 그를 위해 밥을 차려놓고 있었다. 싯다르타는 먹지 않았다. 두 노인은 산양을 키우는 외양간에 짚을 폈다. 바수데바는 곧 잠이 들었다. 하지만 싯다르타는 밖으로 나가 오두막 앞에 앉아 밤을 지새우며 물소리에 귀를 기울이고, 과거를 돌이켜보며, 살아온 지난날을 더듬었다. 그러면서도 이따금 일어나 오두막 문 앞으로 다가가서 어린 것이 잘 자고 있는지 귀를 기울였다.

아침 일찍 해가 뜨기도 전에 바수데바는 외양간에서 나와 그의 친구에게 걸어왔다.

"잠을 이루지 못했군요." 그는 말했다.

"그렇습니다, 바수데바. 여기 앉아서 강물 소리에 귀 기울이고 있었지요. 강은 나에게 많은 말을 해주었습니다. 강은 치유를 가져다주는 사상으로, 단일의 사상으로 나의 마음을 깊숙이 채워주었습니다."

"당신은 고통을 겪었습니다, 싯다르타. 하지만 당신의 마음속에는 아무런 슬픔도 자리 잡지 않았다는 것을 나는 보고 있습니다."

"그렇습니다, 사랑하는 친구여. 내가 왜 슬퍼하겠습니까? 풍부하고 행복하던 나는 지금 한층 더 풍부하고 행복해졌습니다. 나는 아들을 선물로 받았지요."

"나도 당신의 아들을 환영합니다. 아무튼 싯다르타, 이제 일하러 갑시다. 할 일이 많아요. 내 아내가 죽은 바로 그 침대에서 카마라가 죽었지요. 내 아내를 화장했던 바로 그 언덕에 카마라를 화장할 장작을 쌓읍시다."

아이가 아직 자는 동안에 그들은 화장할 장작더미를 쌓았다.

아들

겁먹은 아이는 울면서 어머니의 장례식에 참석했고, 자기를 아들이라 말하며 바수데바의 오두막집에서 같이 살게 된 것을 환영한다고 말하는 싯다르타에 대해서도 겁먹은 태도로 침울하게 귀를 기울였다. 아이는 하루 종일 무덤 곁에 앉아, 운명에 반항하며 먹지도 않고 눈과 마음을 굳게 닫았다.

싯다르타는 아이를 아끼는 마음으로 그대로 내버려두었고, 아이의 슬픔을 존중했다. 싯다르타는 아들이 자기를 알지 못한다는 것, 아들이 자기를 아버지로서 사랑할 수는 없다는 것을 알았다. 차츰 그는 이 열한 살짜리 아이가 어머니 품에서 부유하게 자라, 좋은 음식과 부드러운 잠자리에 길들어 있고, 하인을 부려대며 자란 응석받이 아이였다는 것도 알게 되었다. 싯다르타는 이렇게 슬픔에 젖은 응석받이 아이가 갑자기 낯선 환경과 가난에 만족할 수 없다는 것도 이해했다.

그는 아들에게 아무것도 강요하지 않았다. 그는 아들을 위하여 많은 일을 했고 항상 맛있는 음식을 마련했다. 참을성 있게 친절하게 대하다 보면 아이도 마음을 열 것이라고 희망하며 그는 서두르지 않았다.

아이가 처음 나타났을 때 싯다르타는 자기가 부유해지고 행복해졌다고 말했다. 하지만 세월이 흘러도 아이는 침울하고 낯선 상태에 머물러 있었고, 건방지고, 고집 센 성품을 드러냈다. 아이는 아무 일도 하지 않았고, 노인을 존경하지도 않았으며, 나중에는 바수데바의 과일나무까지 꺾었다. 그제야 비로소 싯다르타는 아들로 인하여 행복과 평화를 얻은 게 아니라 고통과 걱정을 얻었다는 것을 깨닫기 시작했다. 하지만 그는 아들을 사랑했다. 아들 없이 행복하고 기뻤던 때보다도 고통과 걱정이 있는 지금이 한결 좋게 느껴졌다.

어린 싯다르타가 오두막 식구가 된 다음부터 노인들은 일을 분담했다. 바수데바는 뱃사공 일을 옛날처럼 혼자 떠맡았고, 싯다르타는 아들과 함께 있기 위해 집안일과 밭일을 맡았다. 오랜 시간, 여러 달을 싯다르타는 기다렸다. 아들이 자기를 이해하고, 사랑을 받아들이고, 그 사랑에 답할 때가 오기를 기다렸다. 여러 달 동안 바수데바도 말없이 지켜보며 기다렸다.

그러던 어느 날, 어린 싯다르타가 또 떼를 쓰고 성질을 부리며 아버지를 괴롭히고 밥그릇을 두 개나 깨뜨리자, 그날 저녁 바수데바는 친구를 옆에 불러 말했다.

"용서하세요. 진심어린 우정으로 하는 말입니다. 당신이 괴로워하는 것을 압니다. 당신이 조심하는 것도 알지요. 친구여, 당신의 아들은 당신을 걱정시킬 뿐만 아니라, 나에게도 역시 걱정거립니다. 그 어린 새는 다른 생활, 다른 둥지에 길이 들었지요. 저 아이는 당신처럼 혐오감과 염증에 못 이겨 도시와 부귀를 버리고 도망쳐 나온 것이 아니라, 본의 아니게 그 모든 것을 떠나지 않을 수가 없었을 뿐입니다.

친구여, 나는 강에게 물어보았습니다. 몇 차례나 물어보았지요. 강은 웃었습니다. 강은 당신과 나를 비웃으며 우리의 어리석음에 대하여 고개를 흔들었지요. 물은 물을 원하고, 젊음은 젊음을 원합니다. 당신의 아들은 지금 마음대로 뻗어 자랄 수 있는 장소에 있지 못한 것입니다. 당신도 강에게 물어보세요. 강의 소리에 귀 기울여 봐요!"

싯다르타는 걱정스럽게, 늘 환하게 웃고 있는 주름살 많은 친구의 다정한 얼굴을 바라보았다. 그리고 나직하게, 조금 멋쩍어하며 물었다.

"내가 그 아이와 떨어질 수 있을까요? 시간을 좀 주세요, 사랑하는 친구여! 나는 지금 그 아이 때문에 싸우고 있습니다. 나는 그 아이의 마음을 사려고 애쓰고 있습니다. 사랑과 친절한 인내로 아들을 붙잡으려는 거지요. 언젠가는 그 아이에게도 강의 소리가 들릴 때가 있을 겁니다. 그 아이도 부름을 받은 것이지요."

바수데바의 얼굴에 웃음이 따스하게 피어올랐다.

"그렇습니다. 그 아이도 부름을 받았지요. 그 아이도 영생할 것입니다. 하지만 우리가, 당신과 내가 그 아이가 어떠한 길로, 어떠한 행위로, 어떠한 번뇌로 부름을 받았는지 아는 걸까요? 그 아이의 번뇌는 작지 않을 것입니다. 그 아이의 마음은 오만하고 까다롭고 고집이 셉니다. 그런 아이는 많은 번뇌를 겪고, 많은 오류를 범하고, 많은 그릇됨을 행하고, 많은 업보를 짊어지게 마련이지요. 말해보세요, 사랑하는 친구여. 당신은 아들을 교육시키지 않으실 겁니까? 아들에게 강요하지 않으실 겁니까? 아들을 채찍질하고 벌하지 않으실 겁니까?"

"아니오, 바수데바. 그런 일을 하지 않겠습니다."

"그럴 줄 알았소. 당신은 그 애에게 강요하지 않고, 채찍질도 하지 않고, 명령도 하지 않을 것입니다. 당신은 부드러움이 견고함보다 강하다는 것을, 물이 바위보다 강하고 사랑이 폭력보다 강하다는 것을 알기 때문이지요. 대단히 훌륭합니다. 나는 당신을 칭송합니다. 하지만 당신이 아들을 강요하지 않고 벌하지 않는다고 생각하는 것, 그것은 당신의 오류가 아닐까요? 사랑의 끈으로 그 애를 속박하는 것이 아닐까요? 당신의 자비와 인내심으로 그 애를 날마다 부끄럽게 만들고 점점 더 견디기 힘들게 하는 것이 아닐까요? 오만하고 버릇없는 그 애를, 밥을 진미로 알고 바나나만 먹고 사는 두 늙은이 곁에 억지로 살도록 강요하는 것은 아닐까요? 우리는 이미 그 애의 생각과 같을 수 없는 생각을 가지고 있고, 우리의 감정은 낡고 가라앉아 그 애의 감정과는 다른 길을 걷는 것이 아닐까요? 이 모든 것으로 인하여 그 애는 강요당하며 벌을 받는 것이 아닐까요?"

싯다르타는 놀라서 멍하니 땅을 바라보더니 나직이 물었다.

"어떻게 하는 것이 좋다고 생각하십니까?"

바수데바가 말했다.

"그 애를 도시로 보내세요. 그 애 어머니의 집으로 데려다 줘요. 그곳에는 하인들이 있을 테니 하인들에게 아이를 맡기세요. 만약 아무도 없다면 그 애를 어느 스승에게 데려가세요. 가르침을 받기 위해서가 아니라 다른 아이들, 다른 소년들을 알게 하여 그 아이의 세계로 들어가게 하기 위해서 말이지요. 그런 생각을 해본 적이 없으십니까?"

싯다르타가 슬픈 목소리로 말했다.

"내 마음을 꿰뚫어 보시는군요. 나도 여러 번 그런 생각을 했어요. 하지만 부드러운 마음을 갖지 못한 그 애를 어찌 인간 세계에 내보내겠습니까? 그 애가 사치에 빠지지 않을까요? 쾌락과 권력에 눈 멀어 스스로를 잃지 않을까요? 아버지가 경험한 온갖 오류와 걸어온 길을 반복하지 않을까요? 혹시라도 완전히 윤회 속으로 빠져 파멸하는 것은 아닐까요?"

뱃사공의 얼굴이 환한 웃음으로 빛났다. 그는 싯다르타의 어깨를 다정하게 만지며 말했다.

"친구여, 그런 건 강에게 물어봐요! 강이 웃는 소리를 듣게 될 거예요! 당신 아들이 당신과 같은 어리석음을 저지르지 않게 하려고 지금껏 그 모든 어리석음을 저질렀다는 겁니까? 아들이 윤회에 빠지지 않도록 당신이 어떻게 보호할 수 있을까요? 어떻게요? 가르침을 통하여? 기도를 통하여? 훈계를 통하여?

사랑하는 친구여, 언젠가 바로 이곳에서 나에게 들려준 브라만의 아들 싯다르타에 대한 교훈적인 이야기를 완전히 잊어버렸소? 누가 사문 싯다르타를 윤회에서, 죄악에서, 탐욕에서, 어리석음에서 지켜주었소? 그의 부친의 깊은 신앙심이? 그의 스승의 훈계가? 지식이? 탐구심이? 그런 것들이 그를 보호할 수 있었던가요?

스스로 삶을 살고, 스스로 업보를 짊어지고, 스스로 쓰디쓴 잔을 마시고, 스스로 자기의 길을 찾으려는 것을, 어떤 아버지가, 어떤 스승이 막을 수 있을까요? 그 누군들 이 길을 걷지 않고 살아갈 자가 있을 거라고 생각하십니까?

친구여, 당신이 사랑한다고 해서, 당신이 그 아이의 번민과 아픔과 실망을 덜어주고 싶다고 해서 그것이 가능하겠습니까? 그 아이를 위해 열 번을 죽어도, 당신은 그 아이의 운명을 손톱만큼도 덜어줄 수 없습니다."

지금껏 바수데바가 그렇게 많은 말을 한 적은 한 번도 없었다. 싯다르타는 다정하게 그에게 감사의 말을 하고 집으로 돌아왔다. 하지만 마음이 심란하여 오랫동안 잠을 이루지 못했다. 바수데바가 말한 것들 가운데 싯다르타 자신이 이미 생각하고 깨닫지 않은 것은 아무것도 없었다. 그런데도 그것은 그가 실천할 수 없는 지식이었다. 아들에 대한 사랑은, 자식을 잃는다는 데 대한 그의 애착과 불안은 그 지식보다 강한 것이었다.

이제껏 그토록 그의 마음을 앗아간 무엇이 또 있었던가? 그토록 맹목적으로, 그토록 고통스럽게, 그토록 보람 없이, 그러면서도 그토록 행복을 느끼며 누구를 사랑한 적이 또 있었던가?

싯다르타는 친구의 충고를 따를 수 없었다. 그는 아들을 떠나보낼 수 없었다. 그는 아이의 명령에 자신을 맡겼고, 아이의 멸시를 받게 되었다. 그는 묵묵히 기다리며 매일같이 말 없는 친절의 투쟁을, 소리 없는 인내의 전쟁을 시작했다. 바수데바 역시 호의를 가지고 묵묵히 기다렸다. 참는 데에는 이 두 노인이야말로 대가였다.

언젠가 싯다르타는 아들의 얼굴에서 너무나 절실하게 카마라를 찾다가, 문득 '당신은 사랑을 할 수 없는 분'이라던 카마라의 말을 떠올렸다. 그때 그는 카마라의 말을 시인하면서, 스스로를 하나의 별에 비유하고 소인배들을 떨어지는 가랑잎에 비유했다. 그렇게 말하면서도 그는 자신의 말에 대해 역시 한 가닥 비난하는 마음이 없지 않았다. 사실 그는 다른 사람을 위하여 자기를 완전히 버린다든가, 희생한다든가, 자기를 망각할 수는 도저히 없었다. 그럴 수 있었던 적은 한 번도 없었다. 그리고 그때만 해도 그런 점이야말로 자기를 다른 소인배들과 구별시키는 커다란 차이점이라고 여겼다.

하지만 아들이 나타난 다음부터 싯다르타까지는 완전히 한낱 소인이 되어버렸다. 한 인간 때문에 괴로워하고, 한 인간을 사랑하며, 한 인간으로 인해 절망하고, 하나의 사랑 때문에 바보가 되어버렸다. 이제 뒤늦게 그도 일생에 한 번 가장 강렬하고 야릇한 열정을 느꼈고, 그 열정으로 인하여 괴로움을 겪었다. 처참하도록 괴로움을 겪었다. 그런데도 그는 행복했다. 무엇인가 새로워지고, 무엇인가 풍부해진 느낌이었다.

이 사랑, 자식에 대한 맹목적인 사랑은 번뇌라는 것을, 너무나도 인간적인 것이라는 것을, 이것이야말로 윤회이고 흐린 근원이며 어두운 물이라는 걸 그는 충분히 느꼈다. 그러면서도 동시에 그는 그것이 무가치한 것이 아니라 필연적인 것이고, 본질에서 우러나는 것이라고 느꼈다. 그래서 자기도 이런 욕망 또한 채우며, 이런 고통 또한 맛보며, 이런 어리석음 또한 저지르고 싶었다.

그러는 동안에 아들은 끊임없이 아버지에게 숱한 어리석은 일을 저지르게 했고, 아들의 환심을 사려고 애쓰게 했고, 날마다 아들의 기분 앞에 굴복하게 했다.

아버지는 아들을 매혹시킬 그 무엇도 가지지 못했다. 아버지는 아들을 무섭게 할 그 무엇도 가지지 못했다. 아버지는 훌륭한 남자였다. 선량하고, 자비롭고, 온화한 사람이었다. 아마도 대단히 거룩한 사람, 아마도 성자였을지도 모른다. 그렇지만 이 모든 것이 아이의 환심을 살 수 있는 특성은 아니었다.

초라한 오두막 안에 자신을 붙들어두는 아버지는 아들에게는 지루한 존재일 뿐이었다. 자식의 버릇없는 어떤 행동도 웃음으로, 어떠한 모욕도 친절로, 어떠한 악의도 호의로 대하는 것이 아들에게는 늙은 구렁이의 추악한 간계로 보였다. 아이는 차라리 아버지한테 위협 받고 학대 받는 편이 나았을 지도 몰랐다.

마침내 어린 싯다르타의 본심이 폭발하여 아버지에게 노골적으로 맞서는 날이 왔다. 그날 아버지는 처음으로 아들에게 일거리를 나누어주었다. 섶나무를 긁어모으라고 명한 것이었다. 하지만 아들은 오두막을 나서지 않았다. 아들은 화를 내며 도전적으로 버티고 서서 마루를 쾅쾅 구르며 주먹을 불끈 쥐고 아버지한테 정면으로 증오와 경멸의 말을 폭발적으로 퍼부었다.

"당신이 쓸 섶나무는 당신이 긁어 모아! 난 당신의 노예가 아니야. 당신이 나를 매질하지 않는 것은 알아. 하지만 그건 감히 그러지 못하는 것일 뿐이야. 당신이 경건함과 관용으로 끊임없이 나를 벌하여 당신 앞에 굴종시키려고 하는 것도 알아. 당신은 내가 당신처럼 되기를 바라겠지. 당신처럼 경건하고, 온화하고, 지혜롭게 되기를 바라겠지! 하지만 잘 들어! 안 됐지만 난 당신처럼 되느니 차라리 산적이나 살인자가 되어 지옥으로 갈 거야! 난 당신을 증오해. 당신은 내 아버지가 아니야. 설사 당신이 열 번 내 어머니의 정부였다 해도."

분노와 원한이 아들을 사로잡아 말할 수 없는 악담으로 아버지를 향해 쏟아졌다. 그러고 나서 아이는 도망쳤다가 저녁 늦게야 돌아왔다.

다음날 아침 아이는 다시 사라졌다. 뱃사공들이 뱃삯으로 받은 은전과 동전을 간직해두는, 두 가지 빛깔의 나무껍질로 엮은 작은 바구니도 함께 사라졌다. 배도 사라졌다. 싯다르타는 배가 건너편 강 언덕에 놓여 있는 것을 보았다. 아이는 도망친 것이다.

어제 아들의 악담을 들은 뒤에 슬픔과 안타까움으로 떨던 싯다르타가 말했다.

"아이를 쫓아가야겠어요. 아이 혼자서는 숲을 지나갈 수 없을 겁니다. 그러니 아이는 되돌아올 겁니다. 바수데바, 강을 건너가려면 뗏목을 지어야겠어요."

"뗏목을 지읍시다. 어린 것이 타고 도망친 배를 다시 찾아오기 위해서요. 아이는 도망치게 내버려둡시다, 친구여, 그 애는 이미 어린아이가 아닙니다. 그는 스스로를 도울 줄 압니다. 그 애는 도시로 나가는 길을 찾아서 간 것입니다. 그리고 그것은 옳은 일이지요. 이 점을 잊지 마세요. 그 애는 당신이 게을리 한 일을 스스로 한 겁니다. 그 애는 스스로를 돌보아 자기의 길을 간 것이지요. 아아, 싯다르타, 괴로워하는구려. 하지만 당신은 남이 웃을 일을 가지고, 당신 자신도 곧 웃게 될 일을 가지고 괴로워하는 것입니다." 바수데바가 대답했다.

싯다르타는 대답하지 않았다. 그는 어느덧 도끼를 두 손에 쥐고 대나무로 뗏목을 만들기 시작했다. 바수데바도 새끼로 나무둥치를 동여매는 일을 도왔다. 그들은 뗏목을 타고 멀리까지 휩쓸려 내려가 건너편 강 언덕에 뗏목을 끌어올렸다.

"왜 도끼를 가지고 왔어요?" 싯다르타가 물었다.

"노가 없어졌을지도 몰라서요." 바수데바가 말했다.

싯다르타는 친구가 무슨 생각을 하는지 알았다. 아이가 앙갚음을 하려고, 그리고 따라오지 못하게 하려고 노를 던져버렸거나 부러뜨렸을 거라고 생각하는 것이었다. 역시 배 안에는 노가 없었다. 바수데바는 배 바닥을 가리키며 친구를 향해 웃었다. 마치 '당신 아들이 말하는 것을 아직도 보지 못해요? 따라오지 말라고 하는 것을 말입니다'라고 말하는 것 같았다.

하지만 그는 그것을 말하지는 않았다. 그는 곧 노를 만들기 시작했다. 싯다르타는 도망친 아이를 찾기 위하여 떠났다. 바수데바는 그를 붙들지 않았다.

싯다르타는 숲속으로 한참 들어선 뒤에야 찾아도 소용없는 일이라는 생각이 들었다. 어린 것은 벌써 시내에 도착했거나, 아직 가는 길이라도 쫓아가는 자기 앞에서 몸을 숨겼을 것이었다. 생각을 되씹는 동안 그는 자기가 아들을 염려하는 것이 아니라, 마음 밑바닥에서는 아들이 돌아오지도, 숲속에서 위험한 일을 당하지도 않으리라는 것을 알고 있다는 사실을 깨달았다. 하지만 그는 쉬지 않고 달렸다. 그냥 아들을 한 번만이라도 더 보고 싶어서였다. 그는 도시 근처까지 계속 달렸다.

도시 가까운 넓은 거리에 당도하자 싯다르타는 카마라의 소유였던 곳, 가마를 타고 정원으로 들어가던 카마라를 처음 만났던 아름다운 별장 입구에 멈추어 섰다. 그때의 광경이 머릿속에 떠올랐다. 수염투성이 맨발의 젊은 사문, 머리털은 먼지로 뒤덮인 채 거기 서 있던 자신의 모습이 눈앞에 보이는 듯했다. 한참을 그대로 그곳에 서서 싯다르타는 열린 문으로 정원 안을 들여다보았다. 누런 빛깔 가사를 걸친 승려들이 아름다운 나무숲 밑을 거닐고 있었다.

골똘히 생각에 잠긴 채 그는 눈앞에 펼쳐진 광경을 바라보며 자신이 살아온 역사에 귀 기울였다. 그는 오랫동안 그대로 서 있었다. 승려들을 바라보며, 승려들의 자리에서 젊은 싯다르타와 젊은 카마라가 무성한 나무 밑을 거니는 모습을 보았다. 카마라에게 환대 받던 자기의 모습을, 카마라에게 처음으로 키스를 받던 자기의 모습을, 오만과 경멸의 마음으로 브라만 시절을 되돌아보면서 긍지와 희망을 가지고 세속적 생활을 시작하던 자기의 모습을 그는 분명하게 보았다.

그는 카마스바미를 보았다. 하인들과 떠들썩한 연회와 도박꾼들과 악사들을 보았다. 황금 새장 안에서 울던 카마라의 새를 보았다. 그 모든 것을 다시 한 번 체험하며 그는 윤회를 호흡했고, 다시 한 번 늙고 피로해졌으며, 다시 혐오감을 느꼈고, 다시 자신을 소멸시켜버리고 싶은 욕망을 느꼈으며, 마침내 신성한 옴의 힘으로 다시 회복하게 되었다.

이렇게 오랫동안 정원 입구에 서 있은 뒤에야 싯다르타는 자신을 이곳까지 몰고 온 갈망이 어리석은 것이었다는 것을, 아들을 도와줄 수 없으며, 아들에 집착해서는 안 된다는 사실을 깨달았다. 도망친 아들에 대한 사랑을 그는 마음 깊이, 상처처럼 느꼈다. 동시에 그 상처는 자신을 아프게 하려고 주어진 것이 아니고, 상처는 꽃이 되어 찬연하게 빛나게 될 것이라는 것도 느꼈다.

이 상처가 지금 이 시간까지 꽃피우지 못하고 찬연하게 빛나지도 못한다는 사실이 그를 슬프게 했다. 도망친 아들을 찾으려고 멀리 이곳까지 오게 한 소망의 자리에 공허가 가득 찼다. 슬픔에 젖어 그는 땅에 주저앉았다. 그는 자신의 가슴 속에서 무엇인가 죽어가는 것을 느꼈다. 공허를 느꼈다. 그에게는 아무런 기쁨도 아무런 목표도 보이지 않았다. 그는 깊은 생각에 빠진 채 앉아 기다렸다. 그것은 강에게서 배운 것이었다. 기다리는 것, 인내심을 갖는 것, 귀 기울여 듣는 것!

그렇게 그는 길가 먼지 속에 앉아 귀를 기울였다. 자신의 심장을 향하여 귀를 기울였다. 심장이 어떻게 지쳐 슬프게 돌아가는지 들으려고, 그리고 하나의 소리가 나기를 기다리려고. 여러 시간을 그는 그렇게 웅크리고 앉아 귀를 기울였다. 머릿속에 아무런 영상도 없이 공허 속에 잠겨 아무런 방향도 없이 가라앉았다. 그리고 상처가 타는 듯이 아프게 느껴져 올 때에는 소리 없이 '옴'을 읊으며 '옴'으로 자신을 채웠다.

정원에 있는 승려들이 그를 보았다. 잿빛 머리털 위로 먼지가 쌓이도록 몇 시간을 웅크리고 앉아 있는 그를 보고, 어떤 승려가 바나나 열매 두 개를 들고 나와 그의 앞에 놓았다. 하지만 싯다르타는 거들떠보지도 않았다.

누군가 어깨를 건드렸다. 그는 마비 상태에서 깨어났다. 부드럽고 조심스러운 이 손길이 누구의 것인지 그는 당장 알아차렸고, 곧 제정신으로 돌아왔다. 그는 몸을 일으켜 자기를 뒤쫓아온 바수데바를 맞았다. 그리고 바수데바의 다정한 얼굴을 바라보자, 온통 웃음으로 채워진 잔주름과 맑은 눈을 들여다보자, 싯다르타의 얼굴에도 웃음이 떠올랐다. 그는 그제야 비로소 자기 앞에 놓인 바나나를 보고, 그것을 집어 하나는 바수데바에게 주고 나머지 하나는 자기가 먹었다.

그러고 나서 그는 말없이 바수데바와 함께 숲을 지나 나루터로 돌아왔다. 그들은 아무도 아침에 일어난 일을 말하지 않았다. 아무도 아이의 이름을 입에 올리지 않았고, 아무도 아이의 도망에 대하여, 상처에 대하여 말하지 않았다. 집 안에 들어서자 싯다르타는 잠자리에 누웠다. 잠시 후 바수데바가 야자유를 주려고 다가갔을 때, 싯다르타는 이미 잠들어 있었다.

옴

상처는 오래도록 아팠다. 싯다르타는 아들이나 딸을 데리고 다니는 숱한 여행자들을 배에 태워 강을 건네줄 때마다 부러웠다.

'저렇게 많은 사람들이 가장 큰 행복을 누리고 있는데 나는 왜 그러지 못할까? 악인도, 심지어 도적도 강도라도 자식이 있고 자식을 사랑하고 자식에게서 사랑을 받는다. 그런데 나는 그렇지 못하구나.'

이렇게도 단순하게 그는 비이성적으로 생각했다. 어느새 그는 이토록 소인배들을 닮아 있었던 것이다. 이제 그는 전과는 다른 시선으로 인간들을 바라보았다. 현명하고 긍지에 차 있었던 시선은 한결 온화하고, 한결 호기심 많고, 한결 관심을 가진 시선이 되었다. 평범한 여행자들, 소인들, 상인들, 무사들, 여자들을 배에 태워 강을 건네 줄 때마다, 그들이 전처럼 낯설지 않았고, 이해할 수 있는 사람들이었다.

사고와 분별이 아니라 오직 충동과 욕망의 지배를 받는 그들의 삶을 이제 그는 이해했고 그 삶을 함께했다. 그는 자신이 그들과 같다는 것을 느꼈다. 비록 그가 완성의 경지에 가까이 와 있고 최후의 상처를 앓는 몸이라 해도, 그에게는 이들 소인들이 형제처럼 여겨졌고, 그들의 허영심, 그들의 탐욕, 그들의 가소로운 행위들이 이제 가소롭지 않았다. 그는 그것을 이해할 수 있었고, 사랑하게 되었고, 심지어 존경하기에 이르렀다.

아들에 대한 어머니의 맹목적인 사랑, 외아들에 대해 우쭐하는 아버지의 어리석고 맹목적인 자만, 허영에 들뜬 젊은 여인이 온갖 치장으로 남자의 눈을 끌려는 노력, 이 모든 충동, 이 모든 아이 같은 짓, 이 모든 단순하고 어리석은, 그러면서도 무섭도록 강렬하게 살아 있고 강렬하게 자리를 차지하고 있는 충동과 탐욕도 지금의 싯다르타에게는 절대로 유치한 아이 장난이 아니었다.

그는 인간들이 그것들로 살아가고, 그것들로 무한한 것을 이룩해낸다는 사실을 깨달았다. 그것들로 여행도 하고 전쟁도 하고 무한한 고통을 겪고 무한하게 견디어 낸다는 사실을 깨달았다. 그래서 그는 그들을 사랑하게 되었고, 그들 각자의 번뇌 속에서, 그들 각자의 행위 속에서, 삶을, 불멸하는 생명을, 범을 보았다.

인간들의 맹목적인 충실, 인간들의 맹목적인 강인함과 집요함 속에는 사랑스럽고 감탄할 만한 요소가 있었다. 그들에게는 아무것도 결여된 것이 없었다. 사고하는 지자가 그들보다 나은 점은 딱 한 가지, 아주 작은 딱 한 가지, 의식하고 있다는 것, 모든 생의 단일성을 의식하여 사유한다는 것밖에 없었다.

싯다르타는 의심하지 않을 수 없게 되었다. 지식, 사상이라는 것이 그토록 높이 평가되어도 좋은 것인가? 이 또한 생각하는 사람, 생각하는 소인들의 장난이 아닐까? 이 한 가지 말고는 모든 면에서 세상 사람들도 현자에 못지않았고, 때로는 현자보다 훨씬 우월했다. 마치 끈덕지고 기탄없는 필연적인 행동이라는 면에서는 동물들이 인간을 능가하는 것처럼.

본질적으로 지혜란 무엇이고 구도의 목표는 무엇인가에 대한 깨달음, 즉 인식이 싯다르타의 마음속에서 점점 꽃피고 성숙해갔다. 그것은 삶의 한가운데서 순간순간 단일의 개념을 생각하고, 단일을 느끼고, 들이마실 수 있는 내밀한 기술, 능력, 영혼의 태세였다. 이러한 인식이 점점 그의 마음속에서 꽃피었고 바수데바의 늙은 얼굴에서도 그를 향해 반사되어 나왔다. 조화가, 세계의 영원한 완전성에 대한 깨달음이, 웃음이, 단일성이.

하지만 깊은 상처는 여전히 아팠다. 애타게 간절하게 싯다르타는 아들을 생각하며 사랑과 애정과 고통에 시달리며 온갖 사랑의 어리석음을 저질렀다. 이 불꽃은 저절로 꺼지지 않는 것이었다.

어느 날, 상처가 견딜 수 없이 아파서 싯다르타는 그리움을 이기지 못하고 강 건너 맞은편 언덕에 올랐다. 그는 시내로 아들을 찾으러 갈 참이었다.

강은 조용히 흐르고 있었다. 마침 가뭄철이었다. 강의 소리가 묘하게, 평소와 좀 다르게 울렸다. 웃음소리였다! 강이 웃고 있었다! 강은 늙은 뱃사공을 향해 웃고 있었다. 싯다르타는 우뚝 서서 강의 소리를 더 잘 듣기 위해 물 위로 몸을 굽혔다.

조용히 흐르는 강물 속에 자신의 얼굴이 비쳤다. 물에 비친 얼굴 속에는 그를 일깨워주는 무엇이, 잊어버린 무엇이 있었다. 그는 곰곰이 생각하여 그것을 알아냈다. 그 얼굴은 그가 익숙하게 알고 사랑하며 두려워했던 얼굴, 그의 부친의 얼굴이었다.

싯다르타는 젊은 시절, 고행자들에게 가겠다고 허락받기 위하여 아버지를 조르던 일을 돌이켜 생각했다. 그리고 아버지와 이별한 일, 아버지를 떠나 다시는 돌아가지 않았던 일을 다시 생각했다.

내가 지금 아들 때문에 고통을 겪고 있는 것처럼 내 아버지 역시 나 때문에 똑같은 고통을 겪지 않으셨을까? 아버지께서는 벌써 오래전에, 아들을 다시는 만나지 못한 채 외로이 돌아가신 것이 아닐까? 이 기이하고 어리석은 사건의 반복, 숙명적인 윤회 속의 순환은 희극이 아니고 무엇이랴?

강은 웃고 있었다. 그렇다, 궁극까지 괴로움을 겪고도 해결되지 못한 모든 것은 다시 되돌아오게 마련이었다. 끊임없이 되풀이하여 똑같은 번뇌를 겪게 마련이었다. 싯다르타는 다시 배를 타고 오두막으로 돌아왔다. 아버지를 생각하고, 아들을 생각하고, 강의 비웃음을 받으며, 자신과 싸우며, 절망하며, 그러면서도 자신을 비롯한 온 세상을 커다랗게 웃어주고 싶은 기분을 느끼면서.

아! 그의 상처는 여전히 아물지 않았고, 그의 마음은 여전히 운명에 반항했고, 그의 고뇌는 여전히 즐거움과 승리의 빛을 멀리했지만, 그런데도 그는 희망을 느꼈다. 그래서 오두막으로 돌아왔을 때 그는 바수데바 앞에 자신을 고백하고 싶은, 모든 것을 보여주고 싶은, 듣는 데에 대가인 바수데바에게 모든 것을 말하고 싶은, 누를 수 없는 욕구를 느꼈다.

바수데바는 집 안에 앉아 바구니를 엮고 있었다. 그는

이제 나룻배를 부리지 않았다. 시력이 약해지기 시작했고 팔도 손도 약해졌기 때문이었다. 하지만 기쁜 빛과 밝은 자비로움만은 변함없이 그의 얼굴에 활짝 꽃피어 있었다.

싯다르타는 노인 곁에 앉아 천천히 지금껏 한 번도 말하지 않은 것들에 대해 말하기 시작했다. 시내로 갔던 것, 찢어지는 것처럼 아픈 상처, 행복한 아버지를 볼 때마다 느꼈던 부러움, 그런 욕망의 어리석음을 깨달은 것, 그 욕망에 맞서 헛되이 싸워온 것에 대하여 이야기했다.

그는 모든 것을 고백했다. 가장 곤혹스러웠던 것까지도 말할 수 있었다. 모든 것이 말이 되어 나왔고, 모든 것이 모습을 드러냈다. 그는 모든 것을 설명할 수 있었다. 그는 바수데바 앞에서 그의 상처를 적나라하게 드러내었다. 오늘 도망쳤던 일에 대해서도 말했다. 아들을 한 번이라도 보고 싶어서 시내로 가려고 강을 건넌 이야기, 유치한 도망 이야기, 강이 웃었다는 이야기를 했다.

그가 이렇게 오래도록 말하는 동안, 그리고 바수데바가 침착한 얼굴로 귀를 기울이는 동안, 싯다르타는 바수데바가 그 어느 때보다 집중하여 듣고 있다는 것을 느꼈다. 싯다르타는 자신의 고통과 불안이 바수데바에게 흘러들어가는 것을, 자신의 은밀한 희망이 그에게 흘러들어가 다시 자기에게로 되돌아오는 것을 느꼈다. 바수데바와 같은 청자에게 상처를 드러내 보이는 것은 마치 상처가 싸늘하게 식을 때까지 그것을 강물 속에 담가 강과 하나가 되게 하는 것과 같았다.

끊임없이 말하고 끊임없이 고백하며 참회하는 동안, 싯다르타는 이야기를 듣는 대상이 바수데바가 아니라는 느낌이, 인간이 아니라는 느낌이 점점 짙어졌다. 나무가 빗물을 빨아들이는 것처럼 그가 자기의 참회를 빨아들이고 있다는 느낌이 점점 짙어졌다. 꼼짝 않고 이야기에 귀 기울이는 이 사람이 바로 신이며 영원이라는 느낌이 점점 더해갔다.

이렇게 싯다르타가 자기 자신과 자기의 상처에 대한 생각을 멈춘 동안에, 바수데바의 본질이 달라졌다는 인식이 분명해졌다. 그리고 그것을 느낄수록, 그것에 몰입할수록, 모든 것은 자연스럽게 제대로 되고 있으며 바수데바는 이미 오래전부터 어쩌면 애초부터 그러했다는 것, 다만 싯다르타 자신이 그것을 인식하지 못했을 뿐이라는 것, 게다가 자기 자신도 바수데바와 거의 다를 바 없다는 것을 별로 이상하게 여기지도 않고 저절로 터득하게 되었다.

그는 자기가 지금 늙은 바수데바를 바라보는 시선이 인간들이 신을 바라보는 시선과 같다는 것을 느꼈다. 그리고 이런 느낌이 오래갈 수 없다는 것도 느꼈다. 그는 마음속으로 바수데바와 이별하기 시작했다. 그러면서도 그는 여전히 말을 계속했다.

싯다르타가 말을 마쳤을 때, 바수데바는 다정하고 좀 쇠약해진 눈으로 친구를 바라보았다. 사랑과 밝음, 이해와 앎이 소리 없이 싯다르타에게 비쳐왔다. 그는 싯다르타의 손을 잡고 강가로 이끌었다. 그는 강가에 앉아 강을 향하여 웃음을 보내면서 말했다.

"당신은 강의 웃음소리를 들었습니다. 하지만 모든 것을 들은 것은 아니지요. 귀 기울여봅시다. 더 많은 것이 들릴 것입니다."

그들은 나란히 앉아 귀를 기울였다. 강의 노랫소리가 고요하게 울려왔다.

싯다르타는 강물 속을 들여다보았다. 흐르는 물속에 많은 영상들이 비쳤다. 아들 때문에 슬퍼하는 아버지의 모습이 외로이 비쳤다. 멀리 떠난 아들에 대한 애착의 굴레에 묶여 있는 자신의 모습이 외로이 비쳤다. 젊은 아이답게 소망하는 길로 격렬하게 탐욕적으로 돌진하는 아들의 모습이 외로이 비쳤다.

모습들은 각각 자기 목적에 사로잡혀서 각각 괴로워하고 있었다. 강은 괴로움의 노래를 불렀다. 강은 애타게 노래를 불렀다. 애타게 목적을 향해 흘러갔다. 강물소리가 호소하듯 울려왔다.

"듣고 있어요?"

바수데바는 침묵 속에서 눈으로 물었다.

싯다르타는 고개를 끄덕였다.

"더 잘 들어보세요!" 바수데바가 속삭였다.

싯다르타는 더 잘 들으려고 애썼다. 아버지의 모습, 자신의 모습, 아들의 모습이 뒤섞여 흘렀다. 카마라의 모습도 나타났다가 녹아 흘렀다. 고빈다의 모습도, 그 밖의 다른 여러 모습들도 흘렀다. 모습들은 뒤섞여 흐르며 강이 되었다. 모두가 강이 되어 강의 목적을 겨누며 흘러갔다. 애타게 갈망하며 괴로워하면서, 그리움으로 가득 차고, 애끊는 아픔으로 가득 차고, 누를 수 없는 욕망으로 가득 찬 노래를 부르며 강물은 흘렀다. 강은 목적을 향하여 돌진했다.

싯다르타는 자기와 친구들과 그가 만났던 모든 사람들로 이루어진 강물이 줄달음치며 흐르는 것을 보았다. 괴로워하며 목적을 향하여, 수많은 목적을 향하여, 폭포수를 향하여, 호수를 향하여, 격류를 향하여, 바다를 향하여 물결이 달렸다. 목적이 달성되고 나면 새로운 목적이 그 뒤를 따랐다. 물은 수증기가 되어 하늘로 올라가 비가 되고, 다시 하늘에서 떨어져 샘이 되고 시냇물이 되고 강물이 되어 새로운 목표에 이르려고 애쓰며 다시 흘렀다.

안타깝게 갈망하는 소리가 변하기 시작했다. 여전히 그 소리는 뭔가를 추구하는 괴로움으로 가득했지만 다른 소리가 더해졌다. 기쁨과 슬픔의 소리, 선과 악의 소리, 웃음과 탄식의 소리, 몇 백, 몇 천 소리가 더해졌다.

싯다르타는 귀를 기울였다. 이제 그는 완전히 듣는 사람이었다. 듣는 일에 완전히 몰두하여, 완전히 비우고, 완전히 빨아들였다. 그는 이제 듣는 일을 완전히 배웠다는 것을 느꼈다. 이제껏 이 모든 소리를, 숱한 강의 목소리를 그는 들었지만 오늘은 완전히 새롭게 들렸다.

어느덧 그는 목소리들을 따로 구별하여 들을 수 없게 되었다. 우는 소리에서 기쁜 소리를 구별할 수 없었고, 어른의 소리에서 아이의 소리를 구별하여 들을 수 없었다. 모든 소리가 한데 얽혀 있었다. 동경의 탄식과 지자의 웃음소리, 분노의 외침과 죽어가는 자의 신음 소리가 합쳐졌고, 모든 것이 뒤섞여 짜이고 맺어져 천 번 만 번 얽혔다. 모든 것이 묶여서, 모든 소리, 모든 목표, 모든 갈망, 모든 번뇌, 모든 쾌락, 모든 선과 모든 악이 묶여서 세상이 되었다. 모든 것이 묶여서 생성의 강이 되고 삶의 음악이 되었다.

싯다르타가 정신을 모아 강물의 몇 천 가지 노래에 귀 기울이는 동안, 번뇌도 웃음도 이미 구별하여 들리지 않았을 때, 그가 자신의 영혼을 어느 한 소리에 묶어 몰입시키지 않고 모든 소리를, 전체를, 하나의 것으로 들었을 때, 비로소 몇 천의 위대한 노래가 단 한 마디의 말로 이루어졌다. 완성의 '옴'이었다.

"듣고 계십니까?"

바수데바의 시선이 다시 물었다. 바수데바의 미소가 밝게 빛났다. 늙은 얼굴 가득한 주름살마다 온통 웃음이 찬란하게 떠올라 있었다. 강물의 소리마다에 '옴'이 떠 있는 것처럼 친구를 바라보는 그의 얼굴은 웃음으로 밝게 빛나고 있었다. 싯다르타의 얼굴에도 똑같은 웃음이 밝게 빛났다. 싯다르타의 상처는 꽃으로 피어났고, 그의 번민은 빛을 발했으며, 그의 자아는 단일 속으로 흘러들었다.

이 순간 비로소 싯다르타는 운명에 대한 투쟁을 멈추었고 번민을 그쳤다. 그의 얼굴에는 어떠한 의지로도 맞설 수 없는 깨달음의 열락이 꽃피어 있었다. 완성을 인식했다는 깨달음, 생성의 강, 삶의 흐름과 일치했다는 깨달음, 더불어 찾아온 괴로움, 더불어 찾아온 기쁨에 충만한 채 흐름에 귀의해버리고 단일에 속했다는 깨달음의 즐거움이.

바수데바는 싯다르타의 눈 속에 깨달음의 열락이 빛나는 것을 보고 자리에서 일어나 싯다르타의 어깨를 살그머니 짚으며 말했다.

"사랑하는 친구여, 이 시간이 오기를 기다렸습니다. 이제 때가 되었으니 나는 떠나겠습니다. 오랫동안 이 시간을 기다렸지요. 오랫동안 나는 뱃사공 바수데바였고, 그 일도 이제 충분히 했습니다. 잘 있어라, 오두막아. 잘 있어라, 강아. 안녕히 계시오, 싯다르타!"

싯다르타는 떠나는 친구에게 깊이 머리 숙여 절했다.

"알고 있었습니다. 숲으로 가십니까?"

"숲으로 갑니다. 단일의 세계로 갑니다."

바수데바는 광휘에 싸여 말하고 광휘에 싸여 떠나갔다. 싯다르타는 그의 뒷모습을 바라보았다. 깊은 기쁨과 진실한 마음으로 그는 바수데바의 뒷모습을 바라보았다. 평화에 가득 찬 그의 걸음걸이를, 후광을 쓴 그의 머리를, 빛나는 그의 자태를 바라보았다.

고빈다

어느 날 길을 가다가 고빈다는 다른 승려들과 함께 기생 카마라가 고타마의 제자들에게 시주한 별장에 머물게 되었다. 그는 그곳에서 많은 사람들에게 현자라고 존경받는 늙은 뱃사공이 하루 길쯤 떨어진 강가에 산다는 소문을 들었다. 고빈다는 그 뱃사공을 보고 싶은 생각이 간절하여 나루터 쪽으로 길을 잡았다. 고빈다 자신도 평생 불법을 좇아 살아왔고, 그가 살아온 연륜과 겸허한 마음 덕분에 젊은 승려들의 존경을 받고 있기는 했지만, 그의 마음속에는 여전히 불안과 구도하는 마음이 꺼지지 않았기 때문이었다.

그는 강가에 이르러 노사공에게 건네주기를 청하고, 건너편 언덕에 다다라 배에서 내리며 노인에게 말했다.

"우리 승려들과 순례자들을 위해 좋은 일을 하고 계십니다. 이미 무수한 사람을 건네 주셨구요. 사공이여, 당신도 옳은 길을 가고자 구도하는 분 아니시오?"

싯다르타는 늙은 두 눈에 웃음을 띠며 말했다.

"자신을 구도자라 이르십니까? 스님, 당신은 이미 고령에 달하셨고 고타마의 승복을 입고 계시는데요?"

"그렇습니다. 늙었지요. 하지만 나는 아직도 구도를 멈추지 않았고, 앞으로도 구도를 멈추지 않을 것입니다. 그것이 나의 사명처럼 생각됩니다. 그런데 나에게는 당신 역시 구도자처럼 보입니다. 존경하는 이여, 나에게 한 말씀 들려주시지 않겠습니까?" 고빈다가 말했다.

"스님, 나 같은 것이 스님께 드릴 말씀이 뭐가 있겠습니까? 하지만 혹시 스님께서는 너무 지나치게 구하시는 건 아닐까요? 구하기에만 몰두하여 정작 찾지 못하는 것이 아닐까요?" 싯다르타가 말했다.

"왜 그렇게 생각하십니까?" 고빈다가 물었다.

"누구나 무엇을 구할 때에는 구하는 물건에만 눈이 쏠려 다른 것은 보지도, 받아들이지도 못하기 쉽지요. 그건 오직 구하는 대상만을 생각하고 그 목적에 사로잡혀 있기 때문입니다. 구하는 것은 목적을 갖는 것이고, 발견하는 것은 자유롭게 열려 있는 상태로 목적을 갖지 않는 것입니다. 스님은 아마도 구하는 사람일 것입니다. 목적을 향해 나아가려고 애쓰느라 눈앞에 가까이 있는 많은 것들을 놓치니까요." 싯다르타가 말했다.

"무슨 말씀인지 잘 알아들을 수가 없습니다. 정확히 무슨 뜻인지 말씀해 주세요." 고빈다가 말했다.

"스님, 벌써 여러 해 전에 당신은 이미 이 강가에 오신 적이 있었습니다. 그때 당신은 강변에 누워 자는 사람을 발견하고 그를 지키기 위해 그 옆에 앉아 계셨지요. 그런데도, 아, 고빈다, 자넨 잠자고 있는 그 사람을 알아보지 못했지." 싯다르타가 말했다.

마술에 걸린 사람처럼 어리둥절한 표정으로 승려는 뱃사공의 눈을 들여다보았다.

"싯다르타!" 그는 겁먹은 목소리로 외쳤다.

"이번에도 자네를 몰라보았군! 반가워, 싯다르타. 다시 보게 되어 얼마나 기쁜지 몰라! 자네는 정말 많이 변했군. 친구여, 자네는 이제 뱃사공이 된 것인가?"

싯다르타는 다정하게 웃었다.

"응, 그렇지. 뱃사공! 사람들은 많은 변화를 겪게 마련이야, 고빈다. 그리고 여러 가지 옷을 입게 마련이지. 나도 그 가운데 한 사람이고. 다시 만나서 반가워, 고빈다. 오늘 밤은 나의 오두막에서 머물게."

고빈다는 바수데바가 쓰던 침대에서 잠을 잤다. 그는 젊은 날의 친구에게 수많은 질문을 했고, 싯다르타는 자기의 지나간 삶에 대해 이야기할 수밖에 없었다.

이튿날 아침 길을 떠날 준비를 마친 고빈다가 서슴없이 싯다르타에게 말했다.

"길 떠나기 전에 한 가지 더 묻고 싶은 것이 있어, 싯다르타. 자네는 어떤 교리를 가지고 있나? 자네가 좇고, 자네를 살게 하며, 자네가 올바른 행위를 하도록 도와주는, 무슨 신앙이나 지식을 가지고 있나?"

"사랑하는 친구여, 자네도 알 거야. 청년 시절 우리가 숲속에서 고행자들과 같이 살던 그때 나는 교리와 스승에 불신을 느끼고 그것들을 떠났다는 것을. 내 생각은 지금도 변함이 없어. 물론 그 뒤에도 나는 수많은 스승들을 가졌지. 어느 아름다운 기생이 오랫동안 나의 스승이었고, 어느 부자 상인도 나의 스승이었고, 노름꾼 몇 명도 나의 스승이었고, 언젠가 순례하던 붓다의 제자도 나의 스승이었어.

"그는 순례하는 도중에 숲속에서 잠든 내 옆에 앉아 있었지. 그에게서도 나는 배웠고, 그에게 감사해. 하지만 나는 그 누구보다 이 강에게서 배웠어. 그리고 내 앞서 있었던 뱃사공, 바수데바에게서도 배웠어. 그는 너무나도 소박한 사람이었어. 바수데바는 사색가는 전혀 아니었지만 필연적인 것을 알고 있었어. 고타마에 못지않은 완성자요, 성자였지." 싯다르타가 대답했다.

"아, 싯다르타, 자넨 여전히 조롱하기를 좋아하는군. 나는 자네를 믿어. 그리고 자네가 어떤 스승도 따르지 않았다는 것도 알아. 하지만 비록 교리는 아니라도 자네는 자기만의 것, 자네의 삶을 도와주는 어떤 확고한 사상, 어떤 확실한 인식을 발견하지 않았을까? 그것에 대해서 나한테 말해준다면 난 정말 진심으로 기쁠 거야." 고빈다가 말했다.

"나는 언제나 사상을 가졌고, 인식을 가졌지. 나는 자주, 한 시간 또는 하루 내내 마음속에서 깨달음을 느꼈네. 마치 우리가 심장 안에서 생명을 느끼는 것처럼 말이야. 그것은 여러 가지 사상이었어. 하지만 그것을 자네에게 전달하기는 어려울 거야, 고빈다. 내가 발견한 사상 가운데 하나는 이런 거야. 지혜는 전달될 수 없다는 것! 현자가 전달하고자 애쓰는 지혜의 소리는 늘 어리석게 울리는 법이거든." 싯다르타가 말했다.

"농담이겠지." 고빈다가 말했다.

"농담이 아니야. 난 지금 내가 발견한 것을 말하고 있는 거야. 지식은 전달할 수 있어도 지혜는 전달할 수 없어. 우리는 지혜를 발견할 수 있고, 지혜롭게 살 수 있고, 지혜의 힘으로 열매를 맺을 수도 있고, 지혜를 써서 기적을 이룰 수도 있지만, 지혜를 말하거나 가르칠 수는 없어. 이것이야말로 내가 청년이었을 때부터 여러 차례 예감했던 사실이고, 스승에게서 떠나게 만든 것이었지.

나는 한 가지 사상을 발견했어, 고빈다. 자네는 또다시 농담이나 어리석은 말로 여길지 모르겠지만, 내가 지닌 최고의 사상은, 모든 진리는 그 반면도 똑같이 진리라는 거야! 그런데 진리는 그것이 단면적일 때에만 발음이 되어 나오고 언어로 감쌀 수 있어.

사색할 수 있고 언어로 표현될 수 있는 모든 것은 단면적인 것이고, 반쪽일 뿐이라, 전체가 못 되고 원이 못 되고 단일의 것이 못 되는 거야. 그래서 세존 고타마께서 세계에 대하여 가르치실 때에, 세계를 윤회와 열반, 미망과 진실, 번뇌와 해탈로 나눌 수밖에 없었던 거야. 달리는 어떻게도 할 수 없는 거니까. 가르치려면 다른 방도가 없으니까.

하지만 세계 자체는, 우리를 에워싸고 있고 우리 마음속에 있는 존재자는 절대로 단면일 수가 없지. 어느 인간이나 어느 행위가 완전히 윤회이거나 완전히 열반일 수는 없어. 어느 인간도 완전히 성자이거나 완전히 죄인일 수는 없어. 그것이 그렇게 보이는 이유는 우리가 시간이란 실제로 존재하는 것이라고 생각하는 미망에 빠져 있기 때문이야.

시간이란 실재하는 것이 아니야, 고빈다. 나는 그것을 문득 체험했지. 시간이 실재하는 것이 아니라면, 세계와 영원 사이의, 번뇌와 행복 사이의, 악과 선 사이의 틈도 역시 미망일 테지." 싯다르타가 말했다.

"왜? 어째서 그런가?" 고빈다가 불안하게 물었다.

"들어보게, 사랑하는 친구여, 잘 들어봐! 나나 자네 같은 죄인은 지금은 죄인이지만, 언젠가는 다시 범이 될 것이고 언젠가는 열반에 이를 것이고 붓다가 될 거야.

그런데 문제는 이 '언젠가는'이란 것이 미망이고, 비유에 지나지 않는 거란 말이지. 죄인은 부처가 되는 도중에 있는 것이 아니야. 우리의 사고로는 달리 어떻게 개념화할 수 없겠지만 죄인은 발전해가는 도상에 있는 것이 아니라, 죄인 속에, 이미 미래의 부처가 있는 거야. 죄인의 미래는 이미 모두 죄인 안에 있는 것이지. 그러니 자네는 죄인 속에서, 자네 속에서, 모든 사람들 속에서, 형성되어가고 있는, 숨어 있는, 가능한 모든 부처를 존경해야 해.

내 친구 고빈다여, 세계는 불완전한 것이 아니고, 그렇다고 완전한 것으로 천천히 가는 도중에 있는 것도 아니야. 세계는 매 순간마다 완전한 거야. 모든 죄는 이미 그 안에 은총을 품고 있어. 모든 아이 속에는 이미 백발

노인이, 모든 젖먹이 속에는 이미 죽음이, 모든 죽어가는 존재 속에는 이미 영생이 깃들어 있는 거야. 다른 사람이 자신의 길을 얼마나 걸어왔는지 아는 것은 불가능한 일이야. 도적이나 노름꾼 속에도 부처가 있고 브라만 속에도 도적이 도사리고 있는 법이지.

시간을 버리고, 모든 있었던 생, 있는 생, 있을 생을 동시에 볼 수 있는 가능성은 깊은 명상 속에 있어. 그렇게 되면 모든 것이 선이고, 모든 것이 완전하고, 모든 것이 범인 거지. 그렇기 때문에 나에게는 존재하는 것이 모두 선으로 보이고, 죽음은 삶으로, 죄악은 성스러운 것으로, 지혜로움은 어리석음으로 보인다네.

모든 것은 그래야만 해. 모든 것은 그저 나의 동의, 나의 호의, 나의 다정한 이해를 요구할 뿐이니까. 그러니 모든 것은 선이야. 나를 고무시켜주면서 해하는 것은 아무것도 없어. 나의 육체와 나의 영혼으로 나는 죄악을 절실히 필요로 하고 있다는 것을 체험했네. 쾌락과 물질적인 탐욕, 허영이 필요했고, 절대 금기인 자포자기까지지도 필요했지.

반항을 포기하는 것을 배우기 위하여, 세계를 사랑하는 것을 배우기 위하여, 현실 세계를 내가 희망하고 내가 상상해낸 어떤 세계, 내가 만들어낸 완전한 세계와 비교

하지 않고, 있는 그대로 인정하고 사랑하며 기꺼이 그 세계에 속하기 위하여 말이지. 아, 고빈다, 이것이 내가 도달한 사상의 몇 가지일세."

싯다르타는 몸을 굽혀 땅바닥에서 돌을 하나 집어 들더니 손 안에서 흔들며 말을 이었다.

"여기 돌이 하나 있네. 시간이 지나면 분명히 흙이 되겠지. 그리고 그 흙에서 나무가 자랄 거야. 또는 동물이, 또는 사람이 될지도 모르지. 예전의 나라면 '돌은 돌일 뿐이다. 돌은 아무런 가치도 없고 미망의 세계에 속한 것이다. 하지만 이 돌도 변화의 윤회를 거치는 동안에 인간이 되고 정신이 될 수도 있기 때문에 나는 이 돌에도 가치를 부여한다'라고 말했을 거야. 전에는 그렇게 생각했었으니까.

하지만 오늘 나는 이렇게 생각해. 돌은 돌이요, 또한 동물이요, 신이요, 부처라고. 내가 이 돌을 존경하고 사랑하는 것은 언젠가 이 돌이 이런 또는 저런 물건이 될 가능성을 가졌기 때문이 아니라 돌은 태초부터 영원히 그 모든 것이기 때문이라고. 그리고 이 날 이 시간에 돌로서 내 눈에 비친다는 것, 바로 그 점 때문에 나는 돌을 사랑해. 이 돌의 줄무늬와 움푹 팬 곳 하나하나에서, 누런빛에서, 잿빛에서, 딱딱함에서, 내가 두들기면 나는 울림에서, 돌의 표면의 습기나 또는 건조함에서, 그대로의 가치와 의미를 보는 거야.

물도 기름이나 비누 같은 촉감을 가진 것이 있고, 나뭇잎 같은 촉감을 것, 또는 모래알 같은 촉감을 가진 것도 있지. 이렇듯 제각기 자기만의 특징을 가지고 자기만의 특유한 방식으로 옴을 부르는 거야. 모두가 범이고 동시에 물이며, 기름 같거나 비누 같은 것이지. 바로 이 점이 내 마음에 드는 점이고, 내 눈에 신기하게 비치는 점이며, 숭배할 가치를 지니게 하는 점이라네.

하지만 이런 이야기는 그만두세. 말이라는 것은 내밀한 의미에 별로 이롭지 못하니. 말로 표현되어 나온 것은 무엇이든 늘 조금씩은 다른 것이 되어버리지. 조금은 변조되고 조금은 어리석어지게 마련이야. 하긴, 그 점 역시 대단히 좋은 것이야. 어떤 인간에게는 보물이며 지혜로운 것이 다른 사람한테는 어리석게 들린다는 것, 그 점을 나는 좋게 생각하고 있고, 잘 이해하고 있네."

고빈다는 말없이 귀를 기울였다. 그리고 조금 뒤에 그는 주저하면서 물었다.

"왜 자네는 하필 물에 대하여 말했나?"

"무슨 특별한 의도가 있었던 건 아니야. 어쩌면, 내가 돌을, 강을, 우리가 관찰하고 그것에서 가르침을 받을 수 있는 이 모든 사물을 사랑한다는 것을 의미했겠지. 하나의 돌을 나는 사랑할 수 있네, 고빈다. 한 그루의 나무나 한 조각의 나무껍질도 사랑할 수 있네.

그것은 물건이지. 우리는 물건을 사랑할 수는 있는 거야. 하지만 나는 말은 사랑할 수 없네. 그래서 가르침이 내게는 아무런 소용이 없는 것이지. 가르침은 딱딱함도, 부드러움도, 빛깔도, 모서리도, 향기도, 맛도 가지고 있지 않아. 말은 그저 말일뿐 다른 아무것도 아니거든.

아마도 평화를 찾는 데 자네를 방해하는 것은 바로 이 말일 걸세. 너무나 많은 말일 거야. 해탈과 덕성, 윤회와 열반 또한 모두 말에 불과해, 고빈다. 열반이라고 할 수 있는 물건은 존재하지 않아, 다만 열반이라는 말이 있을 뿐이지." 싯다르타가 말했다.

"열반은 단지 말에 지나지 않는 것이 아니야, 친구여. 그것은 하나의 사상이라네." 고빈다가 말했다.

"하나의 사상! 그럴지도 모르지. 사실 난, 친구여, 사상과 말 사이에 어떤 차이가 있는지 모르겠어. 솔직히 말하면 나는 사상이라는 것에도 큰 비중을 두지 않아. 나는 물건을 더 소중히 여긴다네. 이를테면 이 나루터에는 나의 선배요 스승인 한 남자가 있었네. 그는 오랜 세월 동안 겸허하게 강만을 믿어온, 그 밖의 아무것도 믿지 않은 성자였다네. 그는 강물이 자기를 향해 말한다는 것을 깨달았고, 그 목소리에서 가르침을 받았지. 강물은 소리로 그를 길러내고 그를 가르쳤다네.

모든 구름, 모든 새, 모든 벌레도 강과 똑같이 신성을 지녔으며, 존경하는 강과 똑같이 많이 알고 있고 가르칠 수 있다는 것을 나는 미처 깨닫지 못하고 있었는데, 이 성자는 숲속으로 떠날 때, 이미 모든 것을 깨닫고 있었네. 스승도 없이 책도 없이 그는 자네나 나보다 훨씬 더 많은 것을 깨달았던 거야. 그 이유는 오로지 그가 강을 믿었기 때문이지." 싯다르타가 말했다.

"자네가 '물건'이라고 말하는 것은 현실적인 것, 실재하는 것을 말하는 건가? 그것은 미망이라는 속임수이고, 그림이나 환영에 불과한 것이 아닐까? 자네의 돌, 자네의 나무, 자네의 강, 그것들은 정말 실재하는 것일까?" 고빈다가 말했다.

"그것 또한 내게는 큰 관심사가 아니야. 물건이 만약 환영이라면 나 또한 환영일 테니까. 그리고 그것들은 언제나 나와 동류일 테니까. 이 점이야말로 그것들이 내게 그토록 사랑스럽고 존경할 만하게 보이는 까닭이라네.

그것들은 나와 같은 거야. 그렇기 때문에 나는 그것들을 사랑할 수 있네. 그리고 이렇게 말하면 자네가 비웃겠지만, 아, 고빈다, 내가 보기에는 사랑이야말로 무엇보다도 중요한 거야.

세계를 통찰하고, 세계를 해명하며, 세계를 경멸하는 것은 위대한 사상가들이 알아서 하라고 해. 내 유일한 관심사는 세계를 사랑하는 것, 세계를 경멸하지 않는 것, 세계와 나를 미워하지 않고, 세계와 나, 그리고 모든 존재를 사랑과 경탄과 경외의 마음으로 바라보는 것이라네." 싯다르타가 말했다.

"그것은 나도 이해해. 하지만 세존께서는 바로 그 점을 속임수로 인식하셨어. 세존께서는 호의와 관용, 동정, 인내를 권유하셨지만 사랑은 권유하지 않으셨어. 우리의 마음이 속세에 대한 사랑에 얽매이는 것을 금지하셨지." 고빈다가 말했다.

"그건 나도 알아, 고빈다. 하지만 우리도 지금 의견들의 총림 속에, 말을 위한 논쟁 속에 빠져들고 있는 거야. 사실 사랑에 관한 나의 말은 고타마의 말씀에 반대된다는 것을, 표면상으로는 반대된다는 것을 나도 부인할 수 없기 때문이지. 바로 그래서 나는 말이라는 것을 믿지 않는 것이고. 사실 나의 말이 고타마의 말씀에 반대된다는 것은 착각이라는 것을 나는 알아. 나와 고타마는 일치한다는 것을 나는 알아.

어찌 그분이 사랑을 모르실 리가 있겠나? 모든 인간의 존재를 무상하다고, 무라고 간파하셨고, 그럼에도 불구하고 자신의 길고 수고스런 생애를 오로지 중생을 구원하고 가르치는 데 바칠 만큼 그토록 인간을 사랑하신 그분이 말이야! 고타마에게도, 자네의 위대한 스승에게서도, 말보다는 사실이 중요하다고 나는 생각해.

그의 행위와 삶이 그의 말씀보다 가치 있고, 그의 손의 움직임이 그의 의견보다 가치 있다고 생각해. 나는 말씀이나 사상 속에서 그의 위대함을 보는 것이 아니라 오로지 행위 속에서, 삶 속에서 그의 위대함을 본다네."

싯다르타가 말했다. 그의 웃음이 금빛으로 빛났다.

한동안 두 노인은 아무 말도 하지 않았다. 얼마 후 고빈다는 허리 굽혀 작별하며 말했다.

"자네 사상을 조금이나마 말해줘서 고맙네, 싯다르타. 좀 기이한 사상이어서 지금 당장 모두 이해할 수는 없지만 그 뜻이 옳기를 바라네. 고맙네. 그리고 평온하기를 축원하네."

(하지만 고빈다는 마음속으로 생각했다. 싯다르타는 참 특이한 사람이야. 그는 이상한 사상을 말하고, 그의 가르침은 어리석게 들려. 세존의 빈틈없는 가르침은 한결 명료하고 순수하고 이해하기 쉽고, 전혀 이상하거나

어리석거나 우스꽝스러운 요소가 내포되어 있지 않은데 말이지.

하지만 싯다르타의 손과 발, 눈, 이마, 그의 호흡과 웃음, 인사와 걸음걸이는 그의 사상과는 다르게 보여. 우리의 세존 고타마가 열반에 이르신 뒤로, 나는 이분이 바로 성자라고 느낀 사람을 한 번도 본 적이 없었어. 그런데 지금 이 분, 싯다르타에게 나는 성자를 발견했어.

그의 가르침은 이상해도, 그의 말은 어리석게 들려도, 그의 눈빛과 손, 그의 피부와 머리털, 그의 전체가 순수의 빛을 발하고 있어. 평안과 즐거움과 자비로움, 성스러움의 빛을 발하고 있어. 이것이야말로 우리의 세존께서 입멸하신 후 다른 어느 누구에게서도 발견할 수 없었던 것이 아니던가!)

고빈다는 이렇게 마음속에 갈등을 느끼면서도, 조용히 앉아 있는 싯다르타에게 사랑에 이끌려 다시 한 번 깊이 머리 숙여 절했다.

"싯다르타. 우리는 이제 늙었네. 이승에서 다시 만나기는 어려울 거야. 사랑하는 친구여, 자네는 평화를 찾은 것 같네만, 나는 아직 평화를 찾지 못했다는 것을 고백하네. 존경하는 친구여, 내가 알아듣고 이해할 수 있는 말을 뭐든 한마디만 해주게! 나의 길에 유익한 무엇을 말해주게. 나의 길은 아직도 험난하고 어둡다네, 싯다르타."

싯다르타는 말없이, 고요한 웃음으로 친구를 바라보았다. 고빈다는 불안과 동경의 눈빛으로 친구의 얼굴을 응시했다. 그의 눈빛에는 고뇌와 갈구, 영원히 찾지 못하는 안타까움이 서려 있었다. 싯다르타는 미소를 지으며 나직이 고빈다의 귀에 속삭였다.

"내게 몸을 굽혀! 자, 좀 더 가까이! 바싹 가까이! 내 이마에 키스를 하게, 고빈다!"

고빈다는 약간 이상하게 생각하면서도 커다란 사랑과 예감에 이끌려 친구에게 가까이 몸을 굽혀 이마에 키스했다. 그때 그에게 놀라운 일이 일어났다.

그의 생각은 여전히 싯다르타의 야릇한 말에 머물러 있는데, 그는 여전히 시간은 없는 것이고, 열반과 윤회를 하나라고 생각하려고 헛되이 노력하고 있는데, 게다가 친구가 한 말에 대한 약간의 경멸과 친구에 대한 엄청난 사랑과 존경심이 내부에서 싸우고 있는데 말이다.

그의 눈앞에서 친구 싯다르타의 얼굴이 사라지고 다른 얼굴들이 나타났다. 수많은 얼굴들의 긴 행렬, 강물처럼 흐르는 수천의 얼굴들이 나타났다가 사라졌고, 그러면서도 모두가 동시에 그곳에 있는 것처럼 보였다.

얼굴들은 끊임없이 변하여 새로운 얼굴이 되었고, 또 그 얼굴들은 역시 모두가 싯다르타의 얼굴이었다.

그는 물고기의 얼굴을 보았다. 고통스럽게 아가리를 벌린 잉어, 죽어가고 있는 물고기의 찢어진 눈을 보았다. 주름투성이로 잔뜩 찌푸리고 우는 갓난아이의 새빨간 얼굴을 보았다. 살인자의 얼굴, 살인자가 단도로 사람을 찌르는 모습을 보았다. 동시에 살인자가 결박당하여 꿇어앉은 채 형리가 내리치는 칼에 목이 달아나는 것을 보았다. 미친 듯이 사랑에 열중하고 있는 벌거숭이 남녀의 몸뚱이를 보았다. 말없이 싸늘하게 사지를 뻗은 시체를 보았다. 동물들의 머리를 보았다. 산돼지의 머리, 악어의 머리, 코끼리의 머리, 황소의 머리, 새들의 머리를 보았다. 신들을 보았다. 크리슈나 신과 아그니 신을 보았다. 이 모든 형상과 얼굴들이 뒤얽혀 서로 도와주고 사랑하며, 미워하고 파괴하며, 새로이 낳는 것을 보았다. 그 하나하나가 모두 죽음을 원하는 존재이며 무상한 존재임을 고통스럽게 고백했다.

그런데도 죽는 것은 아무것도 없었다. 다만 변화할 뿐이었다. 끊임없이 새로이 태어나며 끊임없이 새로운 얼굴을 가졌다. 하지만 얼굴과 얼굴 사이에 시간이라는 것이 버티고 있는 것 같지 않았다.

그리고 이 모든 형상과 얼굴들은 쉬며 흐르며 생성되며 헤엄치며 뒤엉켜 흘러갔다. 그리고 이 모든 것 위로 끊임없이 얇은 그 무엇, 무형의 그 무엇, 그러면서도 실재하는 그 무엇, 얇은 유리나 얼음 같은, 투명한 막 같은, 껍질 같은, 또는 액체로 된 틀이나 가면 같은 것이 뒤덮고 있었다. 그 가면은 웃음 짓고 있었다. 그것은 바로 웃고 있는 싯다르타의 얼굴이었다. 고빈다가 입술을 댄 바로 그 순간의 싯다르타의 얼굴이었다.

고빈다는 보았다. 흐르는 형체 위의 가면의 웃음, 단일의 웃음, 수천의 태어남과 죽음이 동시에 일어나는 웃음, 싯다르타의 이 웃음이야말로 바로 고타마, 붓다의 웃음이었다. 고빈다 자신이 무한한 외경의 마음으로 우러러 보던, 고요하고 기품 있고 꿰뚫을 수 없는 웃음, 자비한 것도 같고 비웃는 것도 같으며 현명한 붓다의 수천 가지 웃음, 바로 그것이었다. 완성자들은 그렇게 웃는다는 것을 고빈다는 깨달았다.

시간이 존재하는지, 이러한 관조가 찰나의 일이었는지 아니면 1백 년 동안 지속된 일이었는지 의식하지 못한 채, 그것이 싯다르타인지, 고타마인지, 나와 네가 따로 존재하는지 어떤지 의식하지 못한 채, 신의 화살에 심장을 정통으로 꿰뚫렸지만 그 상처를 달콤하게 느끼는 것처럼, 마음속 깊이 황홀함과 구원을 느끼면서 고빈다는 한동안 그대로 싯다르타의 고요한 얼굴 위로 몸을 굽힌 채 서 있었다. 지금 막 자기가 입맞춤한 얼굴, 모든 형상과 모든 생성, 모든 존재의 무대였던 얼굴 위로, 천태만상의 깊이가 얼굴 표면 밑에서 다시 닫히고 난 뒤에도, 싯다르타의 얼굴은 변함이 없었다.

그는 소리 없이 웃고 있었다. 고요하고 온화하게 웃고 있었다. 자비롭달 것도, 조롱에 가득 찼달 것도 없이, 세존의 웃음과 똑같이 싯다르타는 웃고 있었다.

고빈다는 깊이 몸을 굽혀 절했다. 그의 주름진 얼굴 위로 눈물이 흘러내렸다. 그의 심장에서 사랑의 느낌과 겸허한 존경심이 불길처럼 타올랐다. 미동도 없이 앉아 있는 싯다르타 앞에 그는 깊이 몸을 굽혀 이마가 땅에 닿도록 절했다. 싯다르타의 웃음은 고빈다에게 그가 살아오는 동안 그가 사랑했던 모든 것을, 그가 살아오는 동안 가장 가치 있다고 생각했던 모든 것을, 성스러웠던 모든 순간을 떠올려주었다.

헤르만 헤세(Hermann Hesse, 1877–1962)의 삶은 내면 탐구와 동양 사상에 대한 관심, 인간 정신에 대한 성찰로 가득 차 있습니다. 특히 싯다르타(1922)는 그의 사상적 여정이 집약된 작품입니다. 아래는 싯다르타와 연관하여 그의 주요 생애를 중심으로 정리한 연보입니다.

헤르만 헤세 작가 연보 (싯다르타 중심)

<연도>	<주요 사건>
1877년	독일 뷔르템베르크 주 칼프에서 출생. 선교사 가문에서 태어나 엄격한 종교적 분위기 속에서 성장.
1891년	신학교 입학 후 자퇴. 정신적 혼란과 자아 탐색이 시작됨. 이 시기의 방황은 이후 작품들에 자주 등장.
1895년	서점에서 일하며 문학 활동 시작. 시와 에세이를 발표하며 작가로서 기반 다짐.
1904년	첫 장편소설 페터 카멘친트(Peter Camenzind) 발표 – 인간의 성장과 자연, 예술을 주제로 다룸. 작가로서 이름을 알림.
1911년	인도 여행 – 싯다르타의 사상적 기초 형성. 인도의 정신문화, 불교와 힌두교에 깊은 관심을 가지게 됨. 그러나 현실의 인도는 실망스러웠다고 회고.

1914년	제1차 세계대전 중 평화주의적 입장 고수. 독일 민족주의에 반대하며 외면당함.
1916년	아버지의 죽음, 아들의 병, 아내의 정신 질환 등 개인적 위기 겪음. 심리치료를 받으며 내면 세계에 깊이 침잠.
1919년	스위스로 이주. 정신적 안정과 창작에 전념.
1922년	**싯다르타** 출간 – 인도 여행과 내면 성찰이 결합된 대표작. 불교, 힌두 철학, 자아 탐색의 이야기를 상징적으로 그려냄. 이후 국제적인 주목을 받음.
1930년대	나치 독일의 전체주의에 반대하며 망명 작가로 활동. 내면의 자유를 강조한 작품 집필.
1946년	노벨문학상 수상 – **유리알 유희**를 비롯한 문학적 업적과 인류 정신에 대한 기여 인정.
1962년	스위스에서 사망. 끝까지 "자기 자신을 찾는 여정"을 문학으로 표현한 작가로 남음.

싯다르타와 관련한 배경 정리

주요 주제	자아 탐색, 깨달음, 삶의 조화, 동양 사상과 서양 정신의 융합.
특징	'부처와 동시대 인물인 싯다르타'의 여정을 통해 진정한 자아와 구원을 찾는 여정을 그림.
사상적 뿌리	불교, 도교, 베단타 철학 등의 영향 + 헤세 자신의 정신분석 경험.

싯다르타

헤르만 헤세의 『싯다르타』는 1922년에 발표된 작품으로, 작가의 내면적 탐구와 동양 사상에 대한 깊은 이해가 결합된 철학적 소설이다. 작품은 역사적인 석가모니와는 별개의 인물인 '싯다르타'라는 브라만 청년의 삶을 따라가며, 인간이 진정한 자아와 깨달음에 도달하기 위해 거쳐야 할 여정과 그 과정에서 겪는 내적 방황과 고통을 그리고 있다.

이 소설은 제1차 세계대전 이후 유럽 문명이 보여준 물질적 타락과 정신적 공허함에 대한 반작용으로 쓰였다. 헤세는 서구 문명에 대한 환멸을 느끼고, 동양의 지혜와 사상 속에서 새로운 길을 찾고자 했다. 특히 그는 인도 여행과 불교, 힌두교, 도교 등 동양 철학에 심취하며, 개인이 겪는 고뇌와 자아 실현의 문제를 문학적으로 풀어내고자 했다.

『싯다르타』는 이런 시대적 배경 속에서 탄생한 작품으로, 단순한 종교 소설이 아니라 인간 내면에 대한 깊은 통찰을 담고 있다. 작품의 주인공은 브라만의 아들로 태어나 출가한 뒤, 수행자, 쾌락주의자, 상인, 뱃사공 등 다양한 삶을 거치며 자신만의 진리를 탐색한다. 결국 그는 자연과 삶 그 자체로부터 깨달음을 얻으며, 타인에게서 배운 지식이 아니라 자신의 체험을 통해 진리를 찾는다.

결국 『싯다르타』는 인간이 겪는 방황과 고통, 그리고 그것을 넘어서는 자아 실현의 과정을 아름답고도 조용한 어조로 담아낸 수작이다. 이 작품은 오늘날까지도 '나는 누구인가', '어떻게 살아야 하는가'라는 질문을 던지는 독자들에게 깊은 울림을 주며, 삶의 본질을 성찰하도록 이끈다.

마음을 풍요롭게 바꾸는 필사의 즐거움

필사노트

NO.

년

월

열린문학

싯다르타

	읽은 날짜	책제목
01	–	
02	–	
03	–	
04	–	
05	–	
06	–	
07	–	
08	–	
09	–	
10	–	
11	–	
12	–	
13	–	
14	–	
15	–	

작가	페이지	출판사	평가
			그저 그래 / 재미 있어 / 완전 감동

01	책제목	작가

좋은 구절

요약 및 느낀점

02	책제목	작가

좋은 구절

요약 및 느낀점

감상 및 마음에 남는 문장

01	책제목	작가

좋은 구절

요약 및 느낀점

02	책제목	작가

좋은 구절

요약 및 느낀점

1. 내면의 여정과 자아 탐색

나 자신을 찾는 것이 곧 내가 가야 할 길이었다.

배우지 않으려는 것이 아니라, 더 이상 가르칠 자가 없다는 것이었다.

스스로의 길을 걷지 않는 자는 결코 도달할 수 없다.

나의 영혼은 고독 속에서 깨어났다.

나는 내 마음의 소리를 따르기로 했다.

누군가의 진리는 나의 진리가 될 수 없다.

자기 안에 잠든 신을 깨워야만 했다.

나는 스스로에게 진실할 때만 평화를 얻었다.

내가 누구인지, 나는 내 안에서 찾아야만 했다.

나는 나의 주인이 되기 위해 수많은 길을 떠났다.

갈망은 끝이 없었고, 나는 그 끝을 보려 했다.

내 안의 공허는 나에게 질문을 던졌다.

나는 나를 찾기 위해 세상을 떠돌았다.

진정한 나는 외부에 있지 않았다.

모든 답은 내 안에 있었다.

그는 더 이상 찾지 않았을 때 찾을 수 있었다.

나를 잃을 때 나는 나를 발견했다.

나의 길은 누구의 것도 아닌, 나의 것이었다.

모든 경험은 나를 나로 만들었다.

나는 존재 그 자체가 되고자 했다.

질문을 던지기보다는 살아보아야 했다.

길은 바깥에 있는 것이 아니라, 내 안에 숨겨져 있었다.

나는 내 마음의 강물 위에 떠 있었다.

그 누구도 내 대신 깨달음을 얻을 수 없었다.

삶이 나에게 질문했고, 나는 침묵으로 답했다.

내면의 침묵은 외침보다 깊었다.

나의 존재는 단 하나의 중심으로 수렴되었다.

나는 생각하지 않고 존재하려 했다.

모든 이론은 나를 멀게 했고, 체험은 나를 가깝게 했다.

나는 사유하는 자가 아닌, 느끼는 자가 되었다.

2. 깨달음, 고요, 침묵

강은 아무 말 없이 모든 것을 말해 주었다.

침묵은 진리를 더 정확히 말한다.

고요함 속에 진리가 숨어 있었다.

더 이상 설명하지 않을 때 나는 이해했다.

그는 듣는 법을 배웠다 — 그것은 모든 배움의 시작이었다.

생각하지 말고 들어라.

말보다 중요한 것은 말하지 않는 것이다.

깨달음은 언어를 초월한다.

나는 무언 속에서 나를 만났다.

가장 큰 가르침은 침묵에서 온다.

그는 기다리고, 듣고, 침묵할 줄 알았다.

생각 없이 바라보는 법을 배웠다.

침묵은 나의 스승이었다.

그 어떤 책보다 강물은 더 많이 알려주었다.

모든 존재는 조용히 말하고 있었다.

그는 더 이상 설명하지 않았다 — 그는 존재했다.

말은 마음을 흐리게 하고, 고요는 마음을 맑게 한다.

바람, 나무, 강 — 모두가 침묵으로 가르쳤다.

침묵이 나를 가르쳤고, 강이 나를 이끌었다.

조용한 순간에 세상은 더 선명했다.

그는 귀 기울이는 법을 배웠다.

진리는 언어로 옮길 수 없었다.

나는 더 말하지 않고, 더 존재하기로 했다.

고요한 마음은 깨달음의 문이었다.

그는 세상의 소음 속에서 고요를 배웠다.

가장 깊은 진실은 소리 없이 온다.

그는 모든 존재의 침묵을 들을 줄 알았다.

물은 침묵의 언어로 말한다.

나는 강의 말 없는 노래를 들었다.

그 무엇도 말하지 않을 때, 모든 것이 말해졌다.

3. 시간, 윤회, 존재의 순환

과거와 미래는 동시에 존재한다.

삶은 원형이며, 시작도 끝도 없었다.

모든 것은 되돌아오며, 새로운 것이 된다.

오늘은 어제이고, 내일은 오늘이다.

모든 것은 하나이고, 하나는 모든 것이다.

강물은 멈추지 않지만 언제나 그 자리에 있다.

나 또한 흐르는 강물이었다.

그는 시간의 굴레에서 벗어나고자 했다.

순간은 영원이며, 영원은 순간이었다.

시간은 삶의 환상일 뿐이었다.

나는 모든 생을 살아본 듯한 피로감을 느꼈다.

모든 삶은 연결되어 있다.

죽음은 끝이 아니라 다른 삶의 문이었다.

나는 죽고, 다시 살아, 또다시 죽었다.

윤회의 고리는 나를 풀고 또 묶었다.

나는 무수한 삶 속에서 나를 찾고 있었다.

삶과 죽음은 서로의 거울이었다.

나는 오늘도 어제를 반복했다.

그는 자신 안에서 영원을 느꼈다.

시간은 없었다. 오직 존재만이 있었다.

강은 지금도 어제와 오늘을 함께 품고 있었다.

모든 순간이 과거이자 미래였다.

나는 나를 반복하며 진화하고 있었다.

시간은 허상이며, 현재만이 실재였다.

그는 윤회의 그물에서 빠져나오고자 했다.

나는 나를 넘어 나의 전체가 되고 싶었다.

존재는 순간의 중첩이었다.

과거는 미래가 되고, 미래는 현재에 녹아들었다.

그는 매 순간 죽고, 매 순간 다시 태어났다.

나는 시간을 멈추려 하지 않고, 흘러가도록 두었다.

4. 사랑, 인간, 고통, 삶

사랑은 나를 사로잡았고, 나를 해방시켰다.

그는 고통을 통해 사랑을 배웠다.

사랑은 이해를 넘어선 감각이었다.

나는 사랑했고, 그래서 상처받았다.

상처는 나를 더 깊게 만들었다.

삶은 기쁨과 고통의 흐름이었다.

나는 삶을 피하지 않고, 그대로 받아들였다.

그는 고통을 거부하지 않았고, 그것을 지나갔다.

인간은 약하지만, 약함 속에 빛이 있었다.

나는 인간이었고, 그 연약함을 사랑했다.

고통은 나를 나답게 만들었다.

그는 사랑을 통해 자기를 잊었다.

나는 무수히 넘어지고도 다시 일어났다.

삶은 흐르고, 나는 그 안에서 흔들렸다.

나는 기쁨보다 고통에게서 더 많이 배웠다.

슬픔 속에 영혼은 성장했다.

고통은 나를 정화했고, 침묵은 나를 감쌌다.

그는 사랑과 집착을 구분했다.

모든 욕망은 나를 미혹했지만, 나는 끝내 벗어났다.

그대가 사랑하는 만큼, 자유롭게 하라.

나는 사랑하며 나 자신이 되었다.

존재는 사랑 없이 완성되지 않는다.

나는 그녀를 통해 나를 잊고, 다시 나를 찾았다.

고통은 가르치고, 사랑은 치유한다.

삶은 질문이고, 사랑은 그 답이었다.

그 누구도 완전하지 않기에 아름다웠다.

나는 연약함 속에서 강해졌다.

그는 욕망을 태우고, 평화를 얻었다.

사람은 사랑할 수 있을 때 진정 살아 있다.

나는 삶을 사랑했다 — 그 모든 상처까지도.

5. 깨달음의 끝, 존재의 화해

그는 더 이상 알고자 하지 않았다 — 그는 알았다.

이제 나는 강이 되었다.

나는 모든 것과 하나가 되었다.

존재하는 모든 것이 나였다.

그는 더 이상 나누지 않았고, 하나로 보았다.

나는 모든 것 속에서 나를 보았다.

그는 강처럼 넓고 깊어졌다.

존재는 사랑, 고통, 기쁨, 죽음을 모두 포함했다.

나는 지금 이 순간, 완전했다.

그는 도달하지 않았지만, 이미 도달해 있었다.

그 누구도 아닌, 그 무엇도 아닌 — 그는 존재였다.

나의 이름은 사라졌고, 나는 삶이 되었다.

깨달음은 그 어떤 소유도 허용하지 않았다.

그는 모든 것과 조화를 이루었다.

나는 나를 초월했다.

그는 다름을 넘어서서 동일함을 보았다.

모든 것은 신성했고, 모든 것은 참되었다.

그는 강물처럼 사라졌고, 강물처럼 남았다.

그는 나와 너, 삶과 죽음을 넘어서 있었다.

나는 모든 존재를 사랑할 수 있게 되었다.

그는 웃고 있었고, 그의 웃음은 모든 것을 품고 있었다.

그는 더 이상 묻지 않았다.

그는 하나였고, 그는 모두였다.

그는 잎이었고, 바람이었고, 강이었다.

그는 모든 것에 귀 기울였고, 그 모든 것 안에 머물렀다.

그는 끝을 알았고, 시작을 받아들였다.

그는 세상을 떠났지만, 세상은 그 안에 남아 있었다.

모든 경계는 사라졌고, 오직 하나됨만이 있었다.

존재는 침묵했고, 그 침묵은 완전했다.

그는 자신을 잊고, 우주와 하나가 되었다.